小説で読む名作戯曲

ロミオとジュリエット

Romeo and Juliet

シェイクスピア 原作
鬼塚忠

William Shakespeare

光文社
Kobunsha

登場人物

- ロミオ　モンタギューのひとり息子
- ジュリエット　キャピュレットのひとり娘
- ロレンス　フランシスコ会 修道士《しゅうどうし》
- モンタギュー　ロミオの父　ヴェローナの名家《めいか》の家長《かちょう》
- モンタギュー夫人　モンタギューの妻　ロミオの母
- キャピュレット　ジュリエットの父　ヴェローナの名家の家長
- キャピュレット夫人　キャピュレットの妻　ジュリエットの母
- エスカラス　ヴェローナを統《す》べる公爵《こうしゃく》
- パリス　エスカラス大公《たいこう》の甥《おい》　伯爵《はくしゃく》
- ティボルト　キャピュレット夫人の甥
- 乳母《うば》　ジュリエットの乳母
- ベンヴォーリオ　モンタギューの甥
- マキューシオ　エスカラスの遠縁
- ピーター　乳母の従者《じゅうしゃ》
- バルサザー　ロミオの従者

プロローグ

　時は十四世紀、ところはヴェローナ。北イタリアに位置するこの街は、エスカラス公《こう》爵《しゃく》の統治のもと、その最盛期を迎えていた。U字に蛇行《だこう》するアディジェ川に三方《さんぽう》を囲まれ、残る北側にはあらたな城壁《じょうへき》が築《きず》かれた。エスカラスの城の見張り台からは、緩《ゆる》やかに起伏《きふく》する領地《りょうち》が一望《いちぼう》できる。白い石壁、赤瓦の屋根、いにしえの闘技場《アレーナ》、さまざまな様式の教会。イトスギが黒々と天を突き、花の都《みやこ》とも呼ばれるとおり、街には折々の花々が競うように咲いていた。

だが、この麗《うるわ》しい古都に肩を並べるふたつの名門、キャピュレット家とモンタギュー家は、因縁《いんねん》の仇《かたき》どうし。血なまぐさい争いごとが絶《た》えなかった。

両家の不仲はさかのぼること百余年、ローマ教皇グレゴリウス九世と神聖ローマ帝国皇帝フリードリッヒ二世の争いに端を発する。かつては互いに敬《うやま》い合い、交流も盛んだったキャピュレット家とモンタギュー家も、イタリア半島を二分するこの対立に飲み込まれ、激しく憎み合うようになったのである。

両家の男たちは女を愛するあいまに果たし合い、その使用人たちも顔を合わせるといがみ合う。どちらにつくかで街は割れ、些細《ささい》な諍《いさか》いが血で血を洗う大乱闘へと発展することもままあった。

そうした宿《しゅっ》根《こん》を葬り去ったのは、仇どうしの家という不幸な星の下《もと》に生まれた恋人たち。これはその若いふたりの痛ましい死が、両家の争いに終止符を打つまでの物語である。

第一幕　出会い

乾いた風は花の香りがした。盛夏《せいか》までまだ少しあるこの季節、ヴェローナの街は色とりどりの花にあふれる。うららかな陽光に溶け込んだその香りは風にのり、土ぼこりとともに小道を抜け、石畳の敷かれた広場を吹き抜ける。

この朝も、いつものように中央広場はにぎわっていた。太陽はまだ低く、建物の向こうに顔をのぞかせたばかりだ。石畳のうえには切り花でいっぱいの手押し車や桶《おけ》、織物を並べた台、大小の玉ねぎ、真っ赤なパプリカ、みずみずしいズッキーニ、熟《う》れたアンズなど、さまざまな野菜や果物を盛った大きな籠《かご》などが並んでいる。

ぶらぶらと見てまわっていた青年がひとり、桃の山の前で立ち止まり、店の男に声をかけた。

「美味《おい》しそうだね」

「これはこれはベンヴォーリオさま、ありがとうございます。今日はおひとりで？」

「ああ、さっきロミオを見かけたんだが、嫌われてしまった。ひとり物思いに沈みたい年ごろらしい」

ベンヴォーリオが意味ありげに笑い、店主も「ほほう、なるほど」と笑った。

「で、これはいくらだい？」

ベンヴォーリオがふっくらとやわらかそうな桃をひとつ手に取り、訊《たず》ねた。

「どうぞどうぞ、そのままお持ちください」

「いや、そういうわけにはいかないよ」

「それでは、モンタギューさまに『またご贔屓《ひいき》に』とご伝言ください。それで十分でございます」

「そうかい？　悪いね。必ず叔父《おじ》にそう伝えるよ」

指の腹でそっと汚れをこすり落とし、桃にかぶりつく。果肉は芳香に満ち、歯に触れるだけでとろけてしまいそうに甘かった。

ここヴェローナは、アディジェ川が峡谷《きょうこく》から平野へと抜けるところに位置する。西に行けばミラノ、東に行けばヴェネツィア、ブレンネロ峠《とうげ》を越えれば北ヨーロッパに入り、南に下ればローマ。東西南北にのびる街道網《かいどうもう》の交差点にあたるため、古くから交易が盛んだ。今日も中央広場にはなじみの店主のほかに、東から来たとおぼしき商人の姿もあり、美しい品々を広げていた。おそらくはエスカラス公爵家《こうしゃくけ》をはじめ、モンタギュー、キャピュレットの両家など、ヴェローナの名家《めいか》に品を納めたあとの残りだろう。

店々をのぞきながら歩く者たちに、それを呼び込もうと声を張りあげる店主たち。売り手も買い手も陽気に笑い合い、駆け引きを楽しんでいる。

この街の未来は明るいな。

果汁のしたたる桃を味わいながら、ベンヴォーリオはそう思った。

例の抗争さえなければ……。

その考えが引き寄せたかのように、いきなり広場の反対側が騒がしくなり、男が叫びながら走ってきた。

「ご用心！　喧嘩《けんか》だ喧嘩だ！　キャピュレットとモンタギューだ！」

店主たちは眉《まゆ》をひそめ、最悪の事態に備えて売上金を片付けはじめた。

「勘弁してくれよ」

「今度は大ごとにならないといいけど」

ひそひそと交わされる言葉が突き刺さる。

そう、これさえなければ。

ベンヴォーリオはため息をつき、食べかけの桃を道端に捨てると野次馬に交じって駆けだした。


「今、親指をくわえただろう！」

「ああ、それがどうした」

人だかりの中央で男たちがにらみ合っている。お仕着せから、いきり立っている三人がモンタギュー、嘲笑《あざわら》っている三人はキャピュレットの家臣だとわかる。キャピュレット側のひとりがふたたび親指をくわえ、音を立てて抜いた。明らかに侮蔑《ぶべつ》の仕草だ。

「俺たちを侮辱《ぶじょく》するのか」

モンタギュー側が、怒りを抑《おさ》えた声で慎重に訊ねた。

侮蔑を許すつもりはないが、騒ぎを起こすなと当主にきつく言い渡されている。諍《いさか》いの原因を作ったのはキャピュレットだとはっきりさせ、剣を抜くまっとうな理由を得る必要がある。

だが、キャピュレット側にしても事情は同じだ。

「くわえたいから、くわえた。それだけさ。それともなんだ、喧嘩でも売ろうってのか？」

「やるなら相手してやるぞ」

あくまでも白《しら》を切り、モンタギュー側から仕掛けさせようとする。

はらわたが煮えくり返ったが、モンタギューの家臣は、受け流すが賢明と判断した。ほかのふたりに目で合図をして、「俺たちに対してでなければ問題ない」と、キャピュレットたちの横をすり抜ける。

野次馬たちから落胆と安堵《あんど》のため息が漏れた。誰かが聞こえよがしに「モンタギューのほうが一枚上手《うわて》だったたな」とつぶやいた。

キャピュレット側の中央にいた男の顔が、赤く染まった。これでは面子《メンツ》が丸つぶれだ。逃がすものかと、去ろうとする三人の背中に向かって言葉を投げつける。

「さすがモンタギュー。当主が腰抜けだと下々《しもじも》まで腰抜けだな」

モンタギューの三人が同時にきびすを返し、剣の柄《つか》に手をかけた。

「今なんと言った！」

一瞬にして、糸を張ったような緊張感がその場を覆った。

「モンタギュー様は勇ましい立派なお方だ！」

「暴言は許さん！」

その様子を見て、キャピュレット側はさらに煽《あお》った。

「お、モンタギューの弱虫どもが怒ったぞ」

「男なら剣を抜いたらどうだ。それともやはり当主以下みな腰抜けか？」

この言われようにに剣を抜かないとなれば、モンタギューの沽券《こけん》に関わる。

「上等だ！　覚悟しろ」

両者が剣を抜き、構えた。

剣と剣が高い音を立てて交わり、火花を散らした。野次馬が囃《はや》したて、店主たちは引きあげようと大わらわだ。

そこへベンヴォーリオが息を切らせてやってきた。

「おい、何をしている！　争うなと言ってあるだろうが。剣を収めろ！」

だが、ベンヴォーリオの言葉に耳を貸す者はいなかった。そもそもベンヴォーリオは、穏やかで物静かな青年だ。平素はひとり本を読み、詩を詠《よ》んで過ごしている。相手をじっくり説得するのには長《た》けているが、声を張りあげ、威圧的に従わせることは苦手としていた。なんとか仲裁に入ろうとするが、まるで相手にされなかった。

剣を片手に身を守りながら「離れろ」「やめろ」と言い続けているベンヴォーリオの姿を、同じように駆けつけたキャピュレット家のティボルトが目に留《と》めた。

「おのれベンヴォーリオ！　雑魚《ざこ》を相手に剣を抜くとは！」

ベンヴォーリオとは対照的に、キャピュレット夫人の甥《おい》であるティボルトは血の気が多い。しかも、抗争で肉親を亡くした使用人からあることないこと聞かされて育ち、モンタギューを心の底から憎んでいる。このような諍いとなれば、決まって先頭に立って剣を交える男だ。ティボルトはすぐさま剣を抜き、野獣のように突進した。

ベンヴォーリオもティボルトに気づいた。これまでできる限り避けてきた相手だったが、この場に限っては味方を得た思いだった。

「いいところに、ティボルト。騒ぎを鎮《しず》めたい。手を貸してくれ」

両家の一翼を担《にな》うふたりが言えば、家臣たちも従うに違いない。

だが、そうした期待は、次のティボルトの言葉に裏切られた。

「剣を手にして言う言葉か！　お前らモンタギューには反吐《へど》が出る。さあ、かかってこい、意気地《いくじ》なしめ。お前の相手はこの俺だ！」

ティボルトが半身《はんみ》に構え、ベンヴォーリオの足元に唾《つば》を吐いた。骨張った頬《ほお》にはいかなる感情もうかがえず、人に剣を向けることになんの躊躇《ちゅうちょ》も見られない。

「よせ。俺たちまで戦ってどうする。騒ぎが大きくなるじゃないか。大公《たいこう》のお達しを知らないわけじゃないだろ？」

そう諭《さと》すも、ティボルトは構えを崩そうとしない。剣先で小さな円を描き、かかってこいと挑発する。

ベンヴォーリオの背中に大粒の汗が伝った。一瞬先は、どちらかが地に這《は》いつくばっているかもしれない。空気が張り詰め、周囲では騒動が続いているが、耳には激しく鼓動する自分の心臓の音しか聞こえない。

「落ち着け、ティボルト」

もう一度声をかけたが、ティボルトは耳を貸すどころか、その瞬間に踏み込んできた。もはや応戦するよりほかに術《すべ》はない。モンタギューの男として背中を見せるわけにはいかないが、剣で負けたとなれば末代《まつだい》までの恥となるだろう。ベンヴォーリオの目が、にわかに厳しい色を帯びた。

ティボルトの繰《く》りだした剣をベンヴォーリオの剣が払い、鋭い刃音が響いた。直後に、今度はベンヴォーリオが剣を繰りだす。なぎ払われ、すぐさままた突く。剣と剣とが交わっては離れ、追い込み、押し込まれる。

一進一退の攻防だった。ティボルトの剣先がベンヴォーリオのひじをかすり、そでが破れて血がにじんだ。しかし、痛みは感じない。集中が欠ければ、そこで負けが決まる。

両家の使用人たちが続々と広場に駆けつけた。モンタギュー側、キャピュレット側、それぞれが剣を振るい、手近にあるものを投げつけ、取っ組み合い、殴り合っていた。

商品を並べた台はひっくり返り、卵は割れ、玉ねぎが石畳に転がった。

「あーあ、モンタギューのせいで卵が台無しだ」

「ふざけるな、今のはキャピュレットが突き飛ばしたせいだろうが」

「なにを!?」

市民のあいだでも小競《こぜ》り合《あ》いが始まり、諫《いさ》めようと割って入った者までもが巻き込まれた。棒きれやら板やら、武器になるものを振りかざす人は増える一方、市場は大混乱に陥った。

広場で乱闘騒ぎが起きていることは、それぞれの屋敷にいるキャピュレット、モンタギュー両家の当主にも伝えられた。

話を聞くなり、キャピュレットは足を踏み鳴らして怒鳴った。

「騒ぐなと言ってあっただろうが！　またモンタギューが正義を振りかざしたのだな。今度こそ許せん。老いぼれモンタギューめ、決着をつけてやる！　剣をよこせ！」

この男が癇癪《かんしゃく》を起こすと手がつけられない。

使用人がすくみあがるなか、キャピュレットの妻だけはまったく動じなかった。若々しい肌に冷たく光る目で夫をじろりと見て、静かに言う。

「剣？　杖《つえ》の間違いではありませんの？」

「何を馬鹿なことを！　剣と言ったら剣だ！」

「さあ、広場に参りますよ。ほら、杖をお持ちくださいませ」

キャピュレットは歯嚙《はが》みをしながら杖をつき、痛む足を引きずって邸宅を出た。

一方のモンタギューは、知らせを聞いて天を仰《あお》いだ。

「またか。さすがにもう申し開きも許されまい」

「キャピュレットに挑発されたと聞いております」と家僕が申し添える。

「まったく卑劣なやつらだ」

「うちのロミオは？　ロミオもそこに？」

青白い顔をさらに白くして、モンタギューの妻が訊ねた。

「ロミオさまはお見かけしませんでした」

「そう」

モンタギュー夫人は安堵の息をついた。

「とにかく行こう。あの卑怯者《ひきょうもの》のキャピュレットに、今度こそ思い知らせてやる」

「いけません、あなた。大公のお言葉をお忘れですか」

「話し合うだけだ」

「いつもそうおっしゃって、結局は怒鳴り合いではないですか」

モンタギュー夫人は手を離さず、夫は足を止めず、ふたりは言い合いながら広場へと向かった。

モンタギューが広場に着くと、ちょうどキャピュレットも来たところだった。家臣や市民に怪我人が出ているのを見て、両者の怒りはふくれあがった。にらみ合い、対峙《たいじ》しようと足を踏みだしたときだった。

「やめいやめい！」

剣と盾を持った兵士たちが雪崩《なだ》れ込んだ。

キャピュレットとモンタギューは足を止め、ティボルトとベンヴォーリオも剣を下げた。近づいてくる馬の蹄《ひづめ》の音が聞こえ、兵士たちが押しあけた空間に、ヴェローナ大公エスカラスの馬が駆け込んできた。

エスカラスが慣れた手綱《たづな》さばきで馬を止めると、馬は前脚を高くあげ、大きくいないた。

広場から一切の動きが消えた。一瞬ののち、剣を抜いていた者は大急ぎで鞘《さや》に収め、それぞれの当主のもとへと引き、つかみ合いをしていた者たちも慌てふためいて離れ、目立たぬ場所へと下がった。先ほどまでの喧騒《けんそう》が嘘のように、たちまちあたりは静寂に包まれた。

誰もが息を詰め、馬上のエスカラス公爵を見あげた。

「またもやモンタギューとキャピュレットだな」

エスカラスは不快感もあらわに言い捨てた。その鋭い目には怒りが宿っていた。

キャピュレットとモンタギューが同時に口を開こうとした。

「聞かぬ！」

エスカラスのひと声は老人ふたりだけでなく、その場にいるすべての者を縮みあがらせた。

「平和を乱す愚か者たちめ。ここヴェローナをわが領地だと心得てのことか！　今年はこれで何度目だ！」

今度も当主たちが口を開きかけるが、エスカラスは答えなど待っていない。

「一年の半ばにしてすでに三度目だぞ！　些細《ささい》なことから街中を巻き込んでのこの乱

闘、もうたくさんだ。次に街を騒がせた者には、その命をもって償《つぐな》わせる」

命をもって償わせる――。すなわち、死刑に処すということだ。ベンヴォーリオはごくりと生唾《なまつば》を飲み込んだが、ティボルトは顔色ひとつ変えなかった。

「よいな！」

大公の念押しに、キャピュレットもモンタギューも頭《こうべ》を垂《た》れるしかなかった。

「わかったなら引きとれ！　キャピュレットはこのあと、ただちに法廷へ出向くように。モンタギューは昼過ぎだ。処分を下す」

キャピュレットとモンタギューはともに肩を落とし、それぞれ引きあげていった。


「すみません、叔父上。騒ぎを止められず」

ベンヴォーリオがモンタギューと並び、ゆっくりした歩みに合わせながら謝った。

モンタギューは血に染まったベンヴォーリオのひじを見た。

「痛むか」

「なに、かすり傷です」

「ティボルトだな」

「ええ。仲裁に入っているところをあの石頭が向かってきて、『お前の相手はこの俺だ』と」

モンタギューは頭を振った。

「あのティボルトという男は、キャピュレット以上に気が短い」

「まったくです。しかもあいつに言わせれば、この不和もすべて我々のせい」

「うむ。これでは和解など到底叶《かな》わぬ」

モンタギューとベンヴォーリオの会話に、周囲を見渡していた夫人が言葉を挟んだ。

「ねえ、ベンヴォーリオ、ロミオは巻き込まれていないのよね？」

「叔母上《おばうえ》、ご安心を。ロミオはいませんでした」

モンタギュー夫人はベンヴォーリオから直接聞いて、ようやく心から安心できたようだった。モンタギューも父親の顔に戻った。

「それは幸いだった。このところのせがれはまるで腑《ふ》抜《ぬ》けだ。あのような騒ぎに巻き込まれれば命を落としかねない」

「まさか、ロミオに限って」

ベンヴォーリオが笑うと、「冗談じゃないのよ」とモンタギュー夫人がにらんだ。

「そうとも、わたしは本気で言っているのだ」

「ですが、ロミオは剣術の達人。あいつを負かせる者など、大の大人でもそうそういませんよ」

「わたしもそれが自慢だったのだが……。何を思いわずらっているのやら、訊《き》いても答えてくれんのだ。ベンヴォーリオ、心当たりはないか?」

ひとりになりたがる、ため息ばかりついている。ベンヴォーリオ自身の経験からその原因は明らかに思われたが、何倍も生きている叔父はその感覚を忘れてしまったらしい。

「あるといえばあるかな。まっすぐなやつですから、普通より過敏に反応してしまっているのでしょう。あまりご心配なさらずに」

軽く答えるが、モンタギュー夫妻には気休めにもならないようだった。

「頼む。悩みを聞きだして、あいつを助けてやってくれないか」

ベンヴォーリオは微笑《ほほえ》んだ。親とはなんとありがたいものだろう。たしかにロミオには手引きが必要なのかもしれない。もっと外の世界を見せてやるとしよう。

「わかりました。できる限りのことはしましょう。きっとすぐ正気に戻りますよ」

モンタギューの顔が明るくなった。

「感謝するぞ、ベンヴォーリオ。お前のような従兄《いとこ》を持つロミオは幸せ者だ」

そう言うとモンタギューはベンヴォーリオの肩をひとつ叩《たた》き、邸宅へと戻っていった。


そのころロミオは、街外れのスズカケの木立《こだち》の下で物思いにふけっていた。

家にいればやれ元気がない、やれ食が進まないようだと、親も周りもうるさくて辟易《へきえき》する。かといって街に出たところで、あちこちで呼び止められ、挨拶の声がかかる。声をかけない者は陰口を叩いているようだ。

誰がこの諍いを始めたのか、何代前の誰が誰にどんな仕打ちを受けたのか、小さいころから幾度となく聞かされたが、ロミオの心にはまったく響かなかった。それはそのときのことであり、今は今だ。それなのに、誰も彼もが自分を「モンタギュー家のひとり息子」としか見ず、モンタギューを応援しているだの、モンタギューには物を売らないだの、まったく気が休まらない。

それに比べ、この木立はいい。誰の目も、誰の言葉も気にすることなく、ひとりで好きなだけ考えごとができる。鳥の声や木々のささやきに耳をすませ、蝶《ちょう》や虫を目で追い、肌をなでる風を感じ、身も心も解き放たれる幸せに浸《ひた》ることができる。

この日も、ため息が霧を深める朝からこの木立にいた。最近はなかなか時が進まない。太陽はようやく梢《こずえ》のあたりに来たところ。考えるのはあの人のことばかりだ。

あの人は、本当に一生独身を貫くつもりだろうか。

ロザラインの姿を初めて近くで見たあのとき、その美しさに魅《み》せられ、恋に落ちた。ところが、使者に手紙を持たせようが、この目で気持ちを伝えようが、彼女はまるで相手にしない。あの年齢で未婚なのだから、おそらく純潔の誓いを立てているのだろう。それならば、振り向いてもらえないのも納得がいく。だが、あの美しさを次の世に残さないとは、美貌を飢え死にさせるようなものではないか。

美しいロザラインのことを考えるだけで、ロミオの心は愛の喜びに満たされた。だが、どれほど愛を注ごうと報われないのだと思うと、すぐに愛は絶望に変わり、恨みが募《つの》る。

書物で読むとおり、愛とはなんと苦しいものだろう。

まるで鉛の羽、冷たい炎、病んだ健康。

この苦しい心を表す言葉なら、いくらでも浮かび、また深々とため息をつくのだった。


広場での騒動のあと、キャピュレット家では使用人たちがせわしなく立ち働いていた。今夜は定例の晩餐会《ばんさんかい》と舞踏会《ぶとうかい》だ。することはいくらでもあるのに、乱闘騒ぎでずいぶんと時間を無駄にしてしまった。ただ、いつもであればみずから首を突っ込み、あれこれ口を出して掻《か》きまわすモンタギューが、なぜか姿を見せないことは幸いだった。

エスカラス大公のところから帰ってからというもの、キャピュレットは部屋に閉じこもり、あご髭《ひげ》を指でひねりながらぐるぐると歩きまわっていた。

キャピュレット夫人がいらいらと言葉をかける。

「あなた、いい加減になさいませ。大公のお裁きが気に入らぬのですか」

そうではない。処罰は公平だった。エスカラス大公の統治は見事なものだ。キャピュレットにしても、争いにはもう疲れたというのが正直なところだったから、あらためてきつく言われるまでもなく、ティボルトはじめ、血気盛んな若者たちをなんとか抑えたいとつねづね願っていた。

それに、今の気がかりは両家の諍いのことですらない。こうして悶々《もんもん》としているのは、あのあとエスカラスに呼び寄せられ、「甥《おい》のパリス伯爵《はくしゃく》がのちほど訪ねると言っている」と伝えられたせいだ。

「どうぞどうぞ、いつなりと。お待ちいたしております」と満面の笑みで答えながらも、その目的はひとり娘のジュリエットへの求婚だとわかっているので、内心穏やかでなかった。

伯爵家との縁談は願ってもないことだった。ほかの子はみな土に還《かえ》ってしまい、血を継ぐ子はジュリエットただひとり。春を過ぎてひときわ美しくなったが、この家以外の男とは、まだ話をさせたこともなかった。まだ十四にもならない、もうしばらく待ってもらえないかと、先日そうはっきり伝えたではないか。なぜそう急ぐのか。

「パリス伯のご到着！」

使用人の声が響き、キャピュレットは足を止めた。身なりを整え、笑みを顔に貼りつけた。

ほどなくパリスが小姓《こしょう》を従えて、優雅な足取りで部屋に入ってきた。そして、形式的な挨拶もそこそこに、「先日お願いした話ですが」と単刀直入に切りだした。

「ああ、あの話」とキャピュレットは軽く答えた。「やはり娘はまだ幼い。先日も申しあげたとおり、あとふた夏は必要でしょうな」

ところが、物腰のやわらかいパリスにしては珍しく、今度はもうひと押ししてきた。

「でも、多くの女性がもっと若くして幸せな母親になっていますよ。十三、四が早過ぎるとは、わたしは思いません」

もちろんキャピュレットとて、そのことは承知している。だいたいキャピュレットの妻がジュリエットを産んだのも、十四になってすぐだった。

「しかし、若くして咲いた花は散るのも早いと言うではないですか。大事なひとり娘を守ってやりたい親心です。わかってくださらんか。あとふた夏」

自分と妻のことは棚にあげ、苦悶の表情を浮かべてみせる。

「そうですか……。あとふた夏……」

パリスの声には、キャピュレットが予想した以上の失望がにじんでいた。強引さに欠けるところにつけ込んでズルズルと先延ばしにするつもりだったが、これでは身を引かれかねない。もったいをつけている場合ではなさそうだとキャピュレットは焦った。

とっさに口を突いて出た言葉が「まあ、すべては娘の気持ち次第ですが」だった。

たちまちパリスが食いついた。

「と言いますと？」

こうなっては腹をくくって縁談を進めるほかない。ただし、あっさり嫁にやるのは惜しいし、癪《しゃく》に障《さわ》る。キャピュレットは一計を巡らせた。

「今宵、我が家の恒例の舞踏会がございます。ぜひパリス殿もいらしてください。ジュリエットにも顔を出させますから」

「直接お話できるのですね！」

「ええ。ですが、宴《うたげ》には街のお嬢さん方も大勢いらっしゃる。それはもう、まるで夜空に輝く星たちが大地に降りてきたかのように華やかですよ」

「わたしが会いたいのはジュリエット殿、ただひとりです」

「わかっとります。しかし、本当に娘が一番だと思っておられるのだということを、はっきりと確かめたい。そのうえで娘のほうも貴殿のところに嫁ぎたいと言うのなら、わしはもう何も言いません」

娘の気持ちなどという話は建て前だ。伯爵家へ嫁がせると、もう決めている。それが予定より早くなるだけだ。ただ、ジュリエットを妻に持つという幸運を身にしみてわからせたいというのが、キャピュレットの腹だった。ほかの娘はジュリエットの引き立て役。今宵、ジュリエットは一層輝いて見えることだろう。

パリスが喜びを隠そうともせず帰っていくと、キャピュレットは手元の紙にせっせと名前を書きつけ、使用人に向かって声を張りあげた。

「おい、誰か若くて健脚のやつ、来てくれ！」

調理場や広間で立ち働く使用人たちは互いに顔を見合わせ、肩をすくめた。一番下《した》っ端《ぱ》、乳母《うば》の従者《じゅうしゃ》をしている見習いのピーターがあごで行ってこいと命じられ、しぶしぶキャピュレットの前に足を運んだ。

「お呼びでしょうか」

キャピュレットは長々と書き連《つら》ねた紙をピーターに渡した。

「今宵の仮面舞踏会はいつにもまして盛大に行う。ヴェローナ中を回って、ここに名前を記した方々にぜひともお越しくださいと伝えてこい」

「えっと……」

「えっとなどという返事があるか！」

「はい！」

「では、行ってこい」

「えっと……」

「さっさと行け！」

キャピュレットに杖を振りあげられ、ピーターは屋敷を飛びだした。


ピーターが伝えたかったのは、たしかに若くて健脚でもあるが、自分は字が読めないということだった。途方に暮れかけたが、すぐに気がついた。誰かに読んでもらえばすむ話ではないか。広場に行けば、学のありそうな人が見つかるだろう。

「こんにちは、旦那さま、読むことはできますか？」

声をかけては断られ、五度目にしてようやく「読めなくもないかな」という答えが返ってきた。

「哀《あわ》れな自分の運命ならね。いや、冗談だよ、貸してごらん」

そう答えたのは誰あろう、ロミオだった。木立にいるところをベンヴォーリオにつかまり、家に戻る道すがら、脈のない女のことなど忘れろと説得されていたところだった。

ロミオが紙を受けとり、キャピュレットの気性をそのまま表したように暴れる文字を読みあげた。

マルティーノご夫妻、ならびにご令嬢方
アンセルム伯爵、ならびにご姉妹
プラセンシオ殿、ならびに姪御方《めいごがた》
ロザライン、ならびにリヴィア――

ロミオの声が止まった。

「それから？」

「あ、ああ。それから――」とロミオが続けるが、「ロザライン」の名を目にして、もはや心はここにないことがベンヴォーリオには丸わかりだった。そこで、何度か繰り返してもらい必死に覚えようとするピーターに、何気ない風を装《よそお》って訊ねた。

「そうそうたる顔ぶれだね。その方々がどうしたのかな？」

「ご主人の伝言で、舞踏会にぜひともお越しください、とお願いするんです。今宵は特に盛大に行いますので」

「もしやそのご主人というのは……」とベンヴォーリオが水を向けると、使用人はあっさり「もちろんキャピュレットさまですよ」と答えた。

「モンタギューの人間以外は、どなたさまでも大歓迎なので、旦那さま方もぜひ。あ、ご身分を隠されたいなら、仮面をおつけになって。いつも皆さまそうなさっています」

「なるほど」

「もう行かないと。忘れちまう！　本当にありがとうございました！」

走っていく使用人を見送って、ベンヴォーリオがロミオのほうを向いた。

「舞踏会、いいね。行こう」

ロミオの目が丸くなった。

「嘘だろ？　敵陣だぞ？」

「ロザラインに会いたいんじゃないのか？　お前の大好きなマキューシオも招待されているはずだ。あいつにくっついて忍び込めるさ」

たしかにエスカラス大公の遠縁にあたるマキューシオは、モンタギューのロミオと親しいにもかかわらず両家の争いとは別の次元にいたし、こうした催しにはよく顔を出している。

「けど、ベンヴォーリオは今朝、ティボルトとやり合ったばかりなんだろ？　今朝の今夜じゃ、さすがにまずいって」

「仮面をつければわからないさ。それに、あの厳しいお達しのあとだ。たとえばれても手出しはできまい」

ロミオにしても、ロザラインにはもちろん会いたい。しかし、いつもは慎重なベンヴォーリオが言いだしたということに違和感があった。

「何を企《たくら》んでいる？」

ロミオがにらむと、ベンヴォーリオは「人聞きが悪いな」と笑った。

「ロザラインに会わせてやろうと思ってるだけじゃないか」

「さっきまで忘れろって言ってたくせに」

「そうさ、叶わぬ恋は忘れたほうがいい。だから行くんだ。美女が居並ぶなかでは、ロザラインなんてカラスにしか見えないぞ」

ロミオがきっとにらみ、言い返した。

「断じてそんなことはない！」

「なら、行くことに異存はないな。それとも心変わりしてしまうのが怖いか？」

「行くよ。行けばいいんだろ。ロザラインの美しさを確かめるために行ってやる！」

むきになるロミオを見て、ベンヴォーリオはまた笑った。

日もとっぷりと暮れたころ、ロミオたちは舞踏会へ向かうマキューシオほか数人の若者と合流した。日没後の九時からが晩餐会で、舞踏会はそのあとだ。一行は松明《たいまつ》を手に、キャピュレット家へと夜道を歩く。

だが、ロミオの心はロザラインに会えるうれしさとは裏腹に、重く沈んでいた。

皆から少しずつ遅れはじめたことに気づいたベンヴォーリオが「どうした」と訊ねた。

先頭を行っていたマキューシオも足を止め、いつもの陽気な声で言った。

「キャピュレットが怖いんだろ。喧嘩になったらどうしよう、って」

「あんなやつら、怖いものか！　ただ……」

「ただ？」

「ただ、夢を見たんだ」

そう、たしかにこの場面だった。この情景を、たしかに夢で見たと思う。それから、何やら楽しい時間があって、そのあとに恐ろしい運命が待っていた。飛び起き、正夢になりませんようにと祈ってそのまま忘れていたが、今、この場面に身を置いて、悪夢の始まりを思い出してしまった。

「嫌な予感がする」

ロミオの言葉をマキューシオが笑い飛ばし、ほかの若者たちも笑った。

「真面目に言ってるんだ！」

ロミオが怒るとマキューシオはロミオの肩に手をかけ、「ああ、わかっているさ」と真面目な顔をしてみせた。「夢だったら俺も見たからな」

マキューシオがかかとでくるりと向きを変え、全員に向かって話しはじめる。

「知ってるか？　夢とは何か」

この男の口から出る言葉には、聞く者を惹《ひ》きつけてやまない魔力があった。誰もが足を止め、続く話を待った。

「妖精のいたずらさ。マブの妖精っていってな、そいつがヘーゼルナッツの殻《から》ほどの馬車を引かせてやってきて、眠っている人間の鼻先を通って夢を見させるのさ。

弁護士には報酬がっぽりの夢、貴婦人にはキスの夢。兵士には相手の喉《のど》を掻《か》き切る夢に、勝ち鬨《どき》をあげる夢。

夢を見させるだけじゃないぜ。無精女の髪をもつれさせるのもこの妖精だし、眠れる生娘にはのしかかって、大人の女への準備をさせる」

一同が大笑いをするのを、マキューシオは満足げに見渡した。

いつもなら誰よりも心躍《おど》らせて話を聞くロミオだったが、今夜だけは耐えられなかった。

「もういい。戯《ざ》れ言《ごと》にはうんざりだ」

マキューシオが我が意を得たりと、ロミオに向かって両手を広げた。

「そうだよ、ロミオくん、わかってるじゃないか！　夢は戯れ言。夢は、暇な頭が生みだす妄想さ。風のようにとらえどころがなく、北へ行って――」

「そのくらいにしておけ、マキューシオ」ベンヴォーリオが止めた。「ぐずぐずしていると舞踏会に遅れるぞ」

「おっと、そうだったそうだった。さあ行こう。ロミオくんの愛《いと》しいお姉さまがお待ちだ！」

マキューシオが仮面をかぶりなおし、歩きだした。

遅れる？　むしろ早すぎるんじゃないのか？

ロミオにはなぜかそう思えた。

夜空に光る大きな星までもが凶兆《きょうちょう》に見えた。

キャピュレット家の玄関では、家長であるキャピュレットが客を出迎え、礼を伝えて招き入れていた。

既婚女性は頭から長いベールをまとい、男性に伴われてやってくる。

「今宵はお招きいただきありがとう」

「ようこそいらっしゃいました。お元気そうで何よりです」

独身の女性はたいてい二、三人で固まり、恥ずかしそうにやってくる。

「これはこれはお嬢さま方、来ていただけて光栄です。殿方のお相手を頼みますぞ」

女性たちはくすくす笑い、期待に胸を膨らませて入っていく。

仮面をつけた男女も、今宵も少なからずいた。身分を知られたくない者、一夜限りの楽しみを求める者などだ。最後近くに駆け込むようにやってきたマキューシオの一団も、いつものように仮面をつけていたが、今夜は仲間の数がさらに増えていた。

「おやおや、新しいお連れもいるようだな。若さがうらやましいわい。楽しむがいい」

そう言ってキャピュレットは、ひとりひとりと握手をした。

三人目の青年の手を取ったとき、おや、と思った。青年は仮面の奥で視線を外し、すぐに通りすぎた。

あいつは——。

確かめようと振り返ると、先に入ったマキューシオが待ち受けていて、その青年の肩を抱いた。ひと声かけてこようかと考える。

だが、そこで今夜の主賓、パリスが到着した。キャピュレットは顔を玄関に戻し、出迎えた。

「キャピュレット殿、お約束どおり来ましたよ」

「おお、パリスさま、ようこそ貧しい我が家へ。今まさに咲き誇らんとする花が、ほれ、あのようにそろってあなたさまをお待ちしておりますよ。さあ、どうぞ目を凝《こ》らして品定めをなさってください。すぐにジュリエットも連れてきますから」

パリスはキャピュレットの指の先、ベールをつけない女性の集団にちらりと目をやったが、「わたしの気持ちは決まっていますよ、キャピュレット殿」とにこやかに応じ、先客たちの歓談《かんだん》の輪に入っていった。

先ほどの青年も、もう奥に入っていた。


ジュリエットは階下のにぎやかな声を聞きながら、二階の自室で胸を高鳴らせていた。舞踏会はまだ早いということで、今までは少し顔をのぞかせるだけだった。ところが今日、母から突然、客人のダンスの相手をしろと言われたのだ。

「お相手はパリス伯爵。実はね、伯爵があなたを妻にとお望みなの」

つまりは結婚相手との顔合わせである。いきなりのことでジュリエットには驚きしかなかったが、乳母は文字どおり小躍《こおど》りして喜んだ。

「まあ、なんてことでしょう。あの小ちゃかったジュリエットさまがご結婚！　あたしのお乳をなかなか離さなかった、あの赤ちゃんが！　死んだ亭主もさぞかし喜んでいることでしょうよ。あの人ったら、ジュリエットさまが転んでおでこに傷をこしらえたときなんて、おやおや、まだ子どもだね、娘っこなら仰向けに倒れるもんだよ、なんて言っちゃって。ああ、おかしい。あのとき、意味もわからず『うん！』って答えてたジュリエットさまがご結婚！　それも伯爵さまと！」

「まだ決まったわけではないのよ」キャピュレット夫人がたしなめる。「でも、願ってもないお話でしょ、ジュリエット。伯爵さまのものがすべてあなたのものになって、あなたが失うものは何もないのだから」

「そうですよ、ジュリエットさま。失うどころか、産めよ増やせよですよ！　いいお話じゃないですか！」

キャピュレット夫人に冷ややかな目を向けられても、乳母は意にも介さない。ジュリエットはこの下世話で賑々《にぎにぎ》しく、ひと目で山育ちとわかるような素朴な目鼻立ちをした乳母が大好きだった。

「どうかしら、ジュリエット、パリスさまを愛せそう？」

まだ会ってもいないのに、わかるわけないじゃない。そう言おうとしたとき、心を読んだかのようにキャピュレット夫人が続けた。

「とにかく、自分の目でしっかりとパリスさまを見ていらっしゃい」

「はい、お母さま」

まったく実感はわかなかったが、べつに会うくらいかまわないと思った。

それに、愛する人とめぐりあう幸せについては、本を読んだり、使用人の話を聞いたりして知っている。自邸での舞踏会も、何度かこっそりのぞいた。そこでは、どきどきするような男女の交流が繰り広げられていた。いつかは自分も素敵な殿方と出会い、嫁ぐのだと、ずっと夢に見ていた。そのときが、いきなりではあるけれど、訪れたのかもしれない。そう思うと胸が躍った。

「ねえ、ばあや。何を着ればいい？」

「そりゃもう、殿方が喜ばれるものといえば――」

ばあやと相談し、胸元が四角にくくれた真紅《しんく》のローブに決めた。前に大きくスリットが入っていて、踊ると、下にはいたスカートが見える。靴は底の軽いダンス用のもの。髪は後ろでひとつに束ね、金の刺しゅうを施したブレードを額《ひたい》に巻いた。ばあやは唇にもうっすらと紅をさしてくれた。

パリスさまはどんな方だろう。背は高いのかしら。なんと言ってご挨拶しよう。ダンスで足を踏んでしまったらどうしよう。それどころか、緊張してどう踊ればいいのか、何もかも忘れてしまったらどうしよう。

不安になり、階下のにぎやかな物音を聞きながらひとりでステップを復習したせいで、始まる前からすっかりくたびれてしまった。

「パリスさまがいらっしゃいましたよ。下へ参りましょう」

ようやく乳母に呼ばれ、あらためて身だしなみを整えた。急《せ》き立てられて階段を下りると、母が待っていた。乳母が耳に「幸せな夜を手に入れるんですよ」とささやき、含みのある目配せをしてよこした。

母に手を引かれて入った大広間はいつも以上に人にあふれ、にぎやかだった。婦人方が赤や黄、緑など色とりどりに美しく咲き、甘くいい匂いが満ちていた。部屋の壁には何本もの松明《たいまつ》が並んでいる。ただし、明るく照らされているのは楽士《がくし》たちのいる側だけで、部屋の反対側の奥までは明かりは届いていない。言ってしまえば節約のためだが、薄暗がりは恋の駆け引きに打ってつけだと、客人の評判も上々だった。床に敷き詰められたイグサが、踊り手に踏みしめられるときを待っていた。

父親の横に立っていた男性がすっと近づき、ひざを突いてかしずいた。

母親が腰を落としたのを見て、ジュリエットも慌ててスカートをつまみ、片足を引いて挨拶をした。

「一曲、お願いできますか」と男性が言った。
ジュリエットが横を見ると、母親がうなずいた。やはりこれがパリスなのだ。
おずおずと伸ばしたジュリエットの手を、パリスの大きな手が包んだ。立ちあがった
パリスは、とても背が高かった。
これがパリスさま。わたしの夫となるかもしれない人。
しっかり顔を見ようと思うが、これほど背が高くてはなかなか難しい。顔立ちは悪く
はなかったと思う。たしか目は青かった。
キャピュレットの合図で、楽士がしっとりとした音楽を奏でだした。
パリスはそのままジュリエットの腰に手を回し、踊りだした。ジュリエットも教わっ
たとおりステップを踏む。パリスはうまかった。優しく、なめらかに導かれ、さっきま
での不安はたちまち吹き飛んだ。踊ることがこれほど簡単だとは思いもしなかった。
しばらくはパリスの艶《つや》やかな白い絹の胴衣を見つめるだけのジュリエットだったが、
やがて余裕ができ、楽しくなってきた。周囲の様子をうかがってみたいという気持ちが

生まれ、パリスの腕の陰からのぞくと、何組かが一緒に踊っていたが、その向こう側で取り巻く顔という顔は、すべてジュリエットを見ていた。そして、一番前に立つひとりの青年と目が合った。

キャピュレットに見とがめられることなく潜入することに成功したロミオは、マキューシオとベンヴォーリオに付き合ってもらい、ロザラインを探した。だが、どの女性も似たような格好をしていて、なかなか見つからない。そのうち、ふたりはそれぞれ見目《みめ》麗《うるわ》しい相手を見つけ、踊りに加わってしまった。

ひとりで立つキャピュレット家の広間は、なかなか心細いものだった。

「ちぇっ、薄情なやつらだな」

軽く舌打ちして、目と鼻を覆う黒い仮面を深くかぶりなおす。

目立たない部屋の隅の暗がりへと移動しようとしたとき、客たちがざわめきだした。誰もが松明の赤々と燃えるあたりに集まりだしている。

ロミオは好奇心に駆られて群衆に紛《まぎ》れ込み、人々の視線の先を確かめた。

そこには、頬を薔薇色《ばらいろ》に染めた少女が立っていた。少女の美しさをもっとよく見せようとするように、松明が一段と輝きを増したようだった。少女が白い華奢《きゃしゃ》な手をかしずく男性に差しだすと、男性がうやうやしくその手をとり、立ちあがった。

音楽に合わせてふたりが踊りはじめる。

ロミオは少女から目を離すことができなかった。自分が人混《ひとご》みを押し分けて最前列に移り、仮面も外してしまっていることにも気づかない。

その姿は、まるで今まさに花弁を広げようというつぼみのようだった。ダンスはぎこちなく、でも正確で、何よりも一生懸命だった。最初はかたかった表情が、踊るうちに、わずかながらもやわらいでいくのが見てとれた。

ようやく笑顔が浮かび、ロミオもつられて笑顔になりかけたとき、少女がこっそりと周りをうかがいだした。

ふたりの目が合った。

視線が絡み合ったまま、意思を持つかのように離れようとしない。

視線だけではなかった。ロミオの全身が雷《かみなり》に打たれたかのように動きを止めた。何も聞こえない。身体が動かない。息ができない。少女しか見えない。

少女の目に吸い込まれてしまいそうだった。


青年にじっと見つめられ、ジュリエットの身体が火照《ほて》りだした。息が詰まり、心臓が狂ったように打ちはじめた。思わず手に力が入ってしまったのか、パリスにぎゅっと握り返され、はっと我に返った。視線を青年から引き剝《は》がし、ごくりと唾を飲む。呼吸が乱れて戻らない。パリスがふっと微笑んだのがわかった。

パリスが身体を寄せてきた。

違うのに！

反射的に身体を離す。今も自分を見ている青年の視線を感じる。そのまま踊りつづけたいのに、足が止まってしまって言うことを聞かない。

ジュリエットはパリスの手を振りほどいた。

「どうなすったのです？」

パリスは面食らっていた。

ジュリエットはうつむいたまま、ずらりと並んだパリスの金ボタンを見ながら答えた。

「足が痛くなりました。ごめんなさい」

パリスは何か言いかけたようだったがやめ、「あとでゆっくりお話ししましょうね」とだけ言った。ジュリエットはひざを折り、黙って踊りの輪を離れた。


ジュリエットが視線を外した瞬間、ロミオの耳にざわめきが戻った。自分が素顔をさらしていることに気づき、大急ぎで仮面をつける。

突然、少女がダンスをやめて男性から離れた。

宝石のようにまばゆく輝くその姿を、ロミオの目は追いつづけていた。

皆の目がジュリエットに注がれているとき、ティボルトだけは人混みの最前列に立つロミオを見ていた。広間に入ってきたときから、あの仮面の集団は怪しいとにらんでいたのだが、まさかモンタギューのひとり息子だとは。

キャピュレットの本家に乗り込んできたばかりか、仮面まで外しやがった。

心のなかで毒づくくらいでは馬鹿にされた悔しさは治まらず、客人たちの相手をしている叔父の隣に行き、耳打ちした。

「モンタギューの者がいます」

キャピュレットはちらりとティボルトを見やり、「ロミオのことか」と言った。

「ご存じだったのですか？」ティボルトは目を見開いた。「このように馬鹿にされて、なぜ平然としていられるのですか」

キャピュレットはいらいらと手を振り、小声で言った。

「馬鹿にされた？　いつ？　紳士らしく振る舞っているではないか。それに、ヴェローナでも評判の好青年だと聞くぞ。放っておけ」

「しかし！」

キャピュレットがティボルトのほうを向き、声を荒らげた。

「なんだ、その顔は！　わしの宴をぶち壊す気か！」

「とんでもない」ティボルトがたじろいだ。「ただ、このように恥をかかされては――」

「いい加減にしろ。そんな態度をとるお前のほうが、よっぽどキャピュレットの恥だ！」髭《ひげ》の下で罵《ののし》りながらも、キャピュレットの顔は客人に向けて笑みを振りまいている。「家長《かちょう》はどっちだ、お前か、わしか！　さあ次の音楽を。思い知らせてやらねばならんのか、若造め！　どうぞお楽しみください。すっ込んでろ！」

ティボルトはぎりぎりと歯を食いしばった。この場は叔父の顔を立てて抑えるが、覚えていろ、きっと思い知らせてやる、と心に誓う。目を戻すと、そこにはもうロミオの姿はなかった。

ジュリエットは、暗がりの奥にある柱の陰へと逃げ込んだ。乳母に教えてもらった、とっておきの隠れ場所だ。

ところが、ひとりきりになってほっとしたのも束《つか》の間《ま》、誰かが近づいてきた。

パリスが追ってきたのだろうかと身構える。

「どなた？」と小声で訊ねると、抑えた声が答えた。

「巡礼の者です」

抑えてはいても、その声には若さと力強さがあふれていた。薄暗がりで顔がわからなくても、さっきの青年だとジュリエットにはわかった。

青年がすぐそばまで来て、そっとジュリエットの手を取った。心臓が跳ねあがったが、パリスに手を預けたときは気まずさがあったのに、不思議とまったく嫌ではなかった。手から青年の鼓動が伝わり、自分の鼓動と合わさるような気がした。

青年がささやくように言葉を続けた。その声はかすかに震えていた。

「すみません、いきなり手を握ったりして。聖者の手が穢《けが》れましたね」

「聖者だなんて、そんな——」

「口づけで清めさせてください」

青年がジュリエットの手を持ちあげ、唇で触れた。

ジュリエットの身体を電気が走った。破裂しそうになる心臓に、静まれと言い聞かせる。のぞき見していたとき、みんなもっと大胆に駆け引きを楽しんでいた。このくらいでのぼせあがる小娘だとは思われたくない。

冷静を装ってジュリエットは言葉を返した。

「巡礼さま、そのような言い方をしては手がかわいそうです。聖者の手は、巡礼の手と触れることを厭《いと》いません。手のひらどうしを合わせるのが、聖者と巡礼の口づけですから」

言ってしまってから、自分まで「口づけ」という言葉を発したことに顔が赤らんだ。

ロミオは少女の返答に酔いしれた。美しいだけでなく利発で、度胸もある。

これでどうだとばかりに「聖者と巡礼に唇はないのですか」とはっきり訊ねてみたら、

「巡礼の唇は祈るためにあるのでしょう?・」と返ってきた。

彼女は誘っているんだ。聖者の唇がほしければ巡礼は祈れと、そう言っている。

この返事の大胆さに、ロミオの気持ちが高ぶった。

ロミオはさらに近づき、ささやいた。

「それでは祈りましょう。どうか聖者さまが、手と手がすることを、唇と唇にも許してくれますように」


この人、わたしの言葉の裏を読みとったわ。

ジュリエットの心が高鳴った。だが、女には慎《つつし》みが大切だとつねづね聞かされている。自分から誘うなど、はしたないことだ。

「聖者の像は動けません」

ジュリエットはそう伝え、相手の出方をうかがった。

「ではそのまま動かないで。この祈りを受けとってください」

今度もジュリエットの期待どおり、巡礼は聖者の肩を軽く抱き、あごに手を添えた。

巡礼の唇が聖者の唇にふわっと触れ、離れた。温かかった。

しばらく見つめ合ったあと、青年が言った。

「これでこの唇は清められました」

この人とのやり取りは、なんて楽しいんだろう。ジュリエットは笑顔になりそうになるのをこらえ、少し怒ったふりをした。

「わたしの唇に罪を移したわけですね」

青年は「おっと、しまった」と驚いたようだった。それとも、驚いたふりをしただけなのか。

「じゃあその罪を返してもらわないと」

青年はそう言うと、もう一度、今度は少しだけ長く口づけをした。

礼を失しない程度のそのキスを受けながら、ジュリエットは青年のまっすぐな気持ちを感じていた。

ジュリエットが「何かの儀式みたい」と小さく笑い、ロミオも「そうだね」と笑った。それ以上の言葉は必要なかった。ふたりは互いの呼吸を感じ、じっと見つめ合って立っていた。

「お嬢さま！　どこですか、お嬢さま！」

ふいに乳母の声が響き、ふたりは身体を離した。ロミオは仮面を着け、暗がりの奥へと姿を消した。

「ああ、やっぱりここでしたか」

「どうしたの、ばあや」

落胆が声に出ないように気をつけて答えながら、ジュリエットはロミオの動きを目で追っていた。

「奥さまが『そろそろ部屋に戻りなさい』とおっしゃってますよ」

「わかったわ、ありがとう」

ジュリエットは、暗がりの中にいるロミオをなおも視界の隅にとらえたまま、乳母の先に立って扉のほうへと向かった。


去って行くジュリエットを見ながら、まだ名前も聞いていないのに——とロミオは思った。奥ゆかしくも大胆。やわらかい唇。これで終わりだなんて耐えられない。

たまたま通りかかったというように乳母に近づき、「今の方《かた》は？」と訊ねる。

乳母は驚いた顔をした。

「知らないなんて、まあ、潜《もぐ》りかしらね。もちろん、このキャピュレット家のひとり娘、ジュリエットさまですよ！」

乳母はそう答えてからジュリエットを追いかけた。

キャピュレット？　仇《かたき》の娘？

かたいもので頭を殴られたような気分だった。

乳母のあとからふらふらと明かりのほうに出ていくと、マキューシオとベンヴォーリオがロミオを見つけ、駆けよってきた。

「おい、どこにいたんだ。探したんだぞ」

「潮時《しおどき》だ、帰ろう」

ロミオは力なくうなずいた。

「ああ、ここまでだな」

空気の抜けたようなロミオの返事に、マキューシオとベンヴォーリオは顔を見合わせた。ロミオはそのまま足早にキャピュレット家を出ていった。


その少し前、ジュリエットのほうも青年の名前を知らないことに気がついた。これではもう一度会おうにも、チャンスすらつくれない。

ちょうど近くにティボルトがいた。年上のこの従兄《いとこ》なら、キャピュレット家と付き合いのある客人の顔をほとんど知っているはずだ。

「ねえ、ティボルト、今夜はお客さまが大勢ね。知らない人がいっぱいだわ。あの素敵な紳士はどなたかしら？」と、まずは近くにいる男性を指さして訊ねる。

「タイベリオさまのご長男だな」

「お父さまに挨拶をしている人は？」

「ベトルーキオさまだと思う」

「今出ていく人は？」

ティボルトが黙った。

「どうしたの？　ティボルトも知らない方？」

「……ロミオだ。モンタギューのひとり息子」

ジュリエットは言葉を失ったが、ティボルトはその様子には気づかず、憎々しげに続けた。

「お前のことをジロジロと見てやがった。気をつけろよ」

ジュリエットは慌ててうなずいた。

仇の家の息子！

そうと知らずに出会ってしまうなんて。名前を知るなら、出会う前に知りたかった。

ジュリエットの胸が、初めて知る苦しさに震えた。

「どうなすったんです？」

乳母の声がすぐ近くで訊ねた。

ジュリエットの指はいつの間にか唇に触れていた。急いで手を下ろし、頭を振って答える。

「なんでもないわ」

視界の隅に、こちらをうかがうパリスの姿が映った。ジュリエットはさり気なく背中を向けた。

「ばあやを待ってたんじゃない。さあ、部屋に戻るわよ」

第二幕　愛の契《ちぎ》り

絶望に駆《か》られて屋敷を出たものの、ロミオの心は立ち去ることを嫌がった。唇はまだ、あのやわらかな感触を覚えている。残りたがる心を置いて身体だけ帰るのか、それでいいのか、と自問する。

背後からにぎやかな声が近づいてくる。マキューシオが残りの仲間を呼び集め、キャピュレット家を出ようとしているのだ。ロミオはとっさに石垣をよじ登り、塀の向こう側に飛び下りた。今は誰とも話をしたくない。

じっと息を潜《ひそ》めていると、マキューシオの声が塀の外から聞こえた。

「あれ？　先に出たはずのロミオはどこだ？」

しばらくのあいだ、「ロミオ〜」「どこにしけ込んだんだ〜？」「出てこーい」と探すマキューシオの声が聞こえていたが、やがてベンヴォーリオに「見つかりたくないやつを探しても無駄だよ。放っておいてやろう」と諭《さと》され、あきらめて去っていった。

さて、どうしよう。

先のことは何も考えていなかった。だが、こうして敷地の中に入ると、もうひと目だけジュリエットの姿が見たいという気持ちが大きくなった。それが叶《かな》わなくても、せめて今夜はジュリエットの近くにいたかった。

ロミオは植え込みに潜んだまま、しばらく様子をうかがっていた。庭には誰もいないとはっきりしたところで、遠くに見える建物に気配を消して近づいていく。

裏手の二階に、ひとつだけ光の漏れるバルコニーがあった。じっと見ていると、中から人が出てきた。慌てて木にぴったりと身体を寄せて隠れる。

そのシルエットが手すりにもたれかかり、頬杖《ほおづえ》をついて夜空を見あげた。ジュリエットだった。

なんてかわいらしい仕草なんだろう、とロミオは思った。あの手を包む手袋になって、あの頬に触れてみたい。

ロミオは庭木がつくる暗闇に身を隠したまま、バルコニーのすぐ下まで近づいた。月明かりの下に出て声をかけようとしたそのとき、ジュリエットが口を開いた。

「ああ、ロミオ」

ため息のように甘く名前をささやかれ、ロミオの足が止まった。
ジュリエットが続ける。
「どうしてあなたはロミオなの。モンタギューなんていう名前は捨ててしまって。そ
れが無理なら、わたしを愛すると言って。そうしたら、わたしがキャピュレットの名前
を捨てるから」
信じられないような告白。夢のようだった。
もっと聞いていたい。それとも姿を見せるべきだろうか。
迷っているうちに、またジュリエットが語りだした。
「本当に憎い名前。モンタギューだかなんだか知らないけど、ロミオはロミオじゃな
いの。薔薇《ばら》がなんと呼ばれようが薔薇なのと同じ。あの美しさ、あの甘い香りは変わら
ないでしょ？　だからロミオもロミオ。どんな名前でも、尊いあの人！　だから、ロミ
オ、その名前をわたしのために捨てて」
もう黙っていられなかった。

「君のためなら喜んで捨てるよ！」

驚いたのはジュリエットだった。

「誰？」

「僕だよ」

「名乗りなさい！」

「そう言われても、今捨ててしまったから名前はないんだけど」

「……もしかしてロミオ？」

ジュリエットは半信半疑だった。声を覚えるほど話していないが、この気の利いた言葉、この優しい息づかいは、さっきの会話と同じだ。でも……。

「君の嫌うその名は捨てたと、今言っただろ？」

暗がりから月光のもとに出てきたロミオを見て、ジュリエットが「嘘！」と小さく叫んだ。さっと周囲に目を走らせ、小声で下に向かって話しかける。

「どうやってここに？　見つかったら殺されるじゃない」

ロミオが答えた。

「愛の翼で塀を飛びこえたのさ。それに何十本の剣よりも、君の目のほうがずっと怖い。君に優しい眼差《まなざ》しを向けてもらえたら、もう何も怖くないよ」

舞踏会のときと同じ大きな喜びがジュリエットを包む。だが、やはり危険だ。

「お願い、帰って。見つかっちゃう」

「君に愛してもらえないなら、見つかったほうがましさ。君を手に入れるためなら、どんな危険も冒《おか》すよ」

ジュリエットは恥ずかしくなってきた。でもうれしい。

ロミオが続ける。

「君を愛してるんだ。こんな中途半端な気持ちのまま帰れない」

「中途半端って？」

ロミオはまっすぐジュリエットを見あげ、言った。

「君の愛を確かめたい」

ジュリエットの頬がかっと火照《ほて》った。

「月に向かって言ったわたしの言葉、聞いてたんでしょ。ああもう、取り消したい」

喜びに輝いていたロミオの顔に影が差した。

「取り消したい？　どうして」

「だって、ちゃんとあなたに向かって言いたかったから」

ああ、なんてかわいい人なんだろう。ロミオの顔に笑みが戻ってくる。

「それに、本当なら最初はつれない素振りをしなきゃいけないし」

「そんなことをしなくても、僕はもう君を愛してるよ。月に誓って――」

「やめて。月なんてダメ。夜ごと姿を変えるんだもの。誓うなら、そうね、あなた自身に誓って」

「じゃあ、この心からの愛が――」

「やっぱりそれもダメ！　だいたいこんなの無鉄砲よ。今はもう帰って。明日になったら気持ちが変わってるかもしれないでしょ？」

「絶対に変わらないよ」

「仇の娘でも？」

「関係ない」

毅然《きぜん》としたその言葉がジュリエットの胸を打った。

「じゃあ、明日になっても同じ気持ちだったら、愛を誓い合うことにしましょう。そのときはわたし、どこまでもついていく」

屋敷の中から「お嬢さまー！」と乳母の呼ぶ声がした。

「今行く！」ジュリエットは乳母に答えてから、ロミオにささやいた。「大好きよ、ロミオ。明日の朝、使いの者をやるから返事をことづけて」

「わかった。じゃあ九時に使いを寄こして。僕の変わらぬ愛を伝えるよ」

「きっとね。おやすみなさい」

「おやすみ」

去ろうとするロミオを、ジュリエットが「待って」と呼び止めた。

「何？」

「うーん」ジュリエットは小首をかしげた。「忘れちゃった」

ロミオは笑った。

「思い出すまで待つよ」

「だったら思い出さない。行ってほしくないから」

「なら思い出さないでいいよ。ずっとここにいるから」

ふたりはくすくすと笑い合った。

「もう、馬鹿なことを言ってないで早く行って。夜が明けちゃうじゃない。本当は絹糸を結んだ小鳥みたいに、すぐに戻ってきてほしいけど」

「いいよ、君の小鳥になる」

「そうしてあげたいところだけど、かわいがりすぎて殺しちゃいそうだから、やめておくわ」

いつまでも会話は途切れない。甘く切ない別れのときを引き延ばしたいのは、どちらも同じだった。もう一度、「お嬢さま～？」と呼ぶ声がした。

「もう行くわ。今度こそ本当におやすみなさい」

「おやすみ。君に安らかな眠りが訪れますように」

ロミオはジュリエットが部屋に入るのを見届けてから、足音を忍ばせて屋敷を抜けだした。

許されない恋だということは百も承知だった。親に打ち明けるわけにはいかない。知られたら即座に仲を引き裂かれるだろう。けれど、この気持ちはもう抑《おさ》えられない。ジュリエットもついてくると言ってくれた。そもそもなぜ両家はいがみ合っているのか。信じるもの、目指すものが違うことは、憎む理由にはならない。愛し合ってはならない理由にもならない。

ロレンス修道士のところへ行こう、とロミオは決めた。この心の内を告白し、誰にも秘密のまま神に結び合わせていただこう。そうすれば、もう何人《なんぴと》たりともふたりを分かつことはできない。

修道士ロレンスは日の出とともに庵室《あんしつ》の裏の庭に出て、薬草《やくそう》を摘んでいた。

毒のあるものも正しく使えば薬となり、逆に、良薬も使い方を誤れば毒となる。良い香りは肉体を癒やすが、口に含めば心臓が止まる。薬草について学ぶというのは、人について学ぶのと同じだとロレンスは思っていた。すべてのものが二面性を持つ。悪へと傾かないようにすることが大切なのだ。

そうした静かな物思いを、溌剌《はつらつ》とした声が破った。

「おはようございます、神父さま！」

ロレンスは腰を伸ばし、声のほうを見た。

「おお、ロミオ。えらく早起きだね。いや、目が赤いな。さては寝てないのか？」

「図星です。素晴らしい夜でした」

「もしやロザラインと一緒だったのか！」

丸くなった修道士の目を見て、ロミオの目も丸くなった。この瞬間まで、ロザラインのことなどすっかり忘れていた。

「違います。仇の家にいたんです。互いに深手を負ってしまったから、助けていただこうと思って」

「なんのことやらさっぱりだ。はっきり言いなさい」

ロミオは一瞬ためらったが、思いきって告白した。

「昨晩、キャピュレット家の娘、ジュリエットと恋に落ちました。どうかふたりを結婚させてください」

ロレンスは唖然《あぜん》としてロミオを見た。

「モンタギューのひとり息子と、キャピュレットのひとり娘が結婚？」

あいた口がふさがらないとは、まさにこのことだった。

昨日まではロザライン、ロザラインと、その名前ばかり聞かされていたのに、いきなりジュリエットとは。ロザラインがはなも引っかけなかったのも、ロミオの語る愛は子どもの麻疹《はしか》のようなものだと見通していたからだろう。

「お願いです、神父さま。頼れるのは神父さまだけです。ジュリエットは僕の愛に愛で返してくれました。この愛を永遠のものとしてください」

ロミオの顔は泣きださんばかりに真剣だった。

ロザラインのときもあきれるほどの熱意だったが、今回は比べものにならないほど重症だとロレンスは思った。だが、宿怨《しゅくえん》の家どうしの結婚など、おいそれと引き受けられはしない。

時間をかけて話を聞き、それは無謀だとこんこんと話して聞かせたが、ロミオはどうしても引き下がらない。

あとはモンタギュー家に出向き、父親に打ち明けてやめさせるしか手はないかと思案していたとき、いや、待てよと、ある考えが浮かんだ。

もしかするとこれはチャンスかもしれない。モンタギューとキャピュレットの争いには、誰もが辟易《へきえき》している。ふたりの結婚が、両家の恨みを愛に変えるきっかけになるのではないか。

ここで自分が断れば、この希望の光までもがついえ、街の平穏がまた遠のいてしまうのは間違いない。もちろん、すぐに両家が受け入れることは考えられないが、既成事実をつくり、エスカラス大公も味方につけてから公表すれば、表立っていがみ合うことはできなくなる。その後、少しずつ両家の内部からわだかまりを解いていけばいい。

ロレンスは覚悟を決めた。

「わかった。力を貸そう」

たちまちロミオの顔に喜びが満ちあふれた。

「ありがとうございます、ロレンスさま！　きっとそう言ってくださると信じていました。では善は急げで、式は今日の午後に！」

「いや、そんなに急ぐな。急ぐとろくなことがない。つまずいたり転んだり――」

だが、ロミオはもはや聞いていなかった。

「ジュリエットに伝えます！」と大急ぎで駆けていってしまった。

幸せと苦悩とでほとんど眠れなかったジュリエットは、夜が明けるなり乳母を呼び、事情を打ち明けて、ロミオのところへ行ってほしいと頼んだ。

乳母は驚き、あきれ、延々と説教をしたが、ジュリエットは「とにかく気持ちが変わってないか聞いてきて」の一点張りだった。しまいには「パリスと結婚するくらいならヒキガエルと結婚する」とまで言いだし、乳母もついに折れた。

「何があっても添い遂げる覚悟なんですね？」

「もちろんよ。彼が妻にしてくれるというのなら」

「わかりました。ばあやがひと肌脱ぎましょう。あたしの一番の願いは、お嬢さまの幸せですからね」

「ありがとう、ばあや！」

そんなこんなで乳母を送りだしたときには時計がもう九時を打っていた。今はすでに正午前である。

もしかして使いが九時に来なかったから、ロミオは怒ってしまったのだろうか。

もしかして悪い返事だったから、乳母は伝えにくくて帰ってこないのだろうか。

気が揉《も》めて仕方がない。部屋のなかを行ったり来たり、何往復したかわからない。ようやく乳母がピーターを従えてにぎやかに帰ってきたとき、ジュリエットは待ちきれず、部屋を飛びだして出迎えた。

「遅かったわね！」

「ああ、暑かった。ピーター、もっと扇《あお》いでおくれ」

「どうだった？　あ、待って。ピーターは下がらせて」

ジュリエットはピーターの手からひったくるようにして扇《おうぎ》を取り、自ら乳母を扇ぎはじめた。

「しょうがないお嬢さまだ。ピーター、下に行って調理場の手伝いをしておいで」

「それで？　どうしてそんな難しい顔をしてるの」

「どうしてって、そりゃあお嬢さま――」

「やめて。悪い知らせでも、もっと楽しそうな顔をして。いい知らせだったら、なおのことよ。そんな顔じゃ台無しだもの」

「お嬢さま、ばあやはへとへとなんですよ。少し休ませてください」

乳母はそう言って部屋に入り、腰かけた。

「ああ、骨が痛い。ロミオさまを探してどれだけ駆けずりまわったか」

「わたしの骨をあげるから、早く教えて」

「そんなに急《せ》かされても、息が切れてしゃべれやしませんよ」

「息が切れてるって、しゃべれてるじゃない！　ねえ、お返事はどうだったの？」

それでも乳母はまだ頭が痛い、腰が痛い、奥さまはどこだと話をはぐらかし、なかなか教えようとしない。

「もう、いい加減にして！」

ジュリエットは叫んで、テーブルを拳《こぶし》で叩《たた》いた。

乳母がにやっとした。これでこそ苦労も報われるというものだ。どうしたことかロミオは家で待っていてくれず、街中を探しまわり、やっと見つけ、ふたりきりになれる場所を探し、じっくりと話し、その人となりとジュリエットへの愛を確かめてきた。簡単に教えては価値が下がる。

乳母は引き続き空とぼけて「お嬢さま、今から懺悔《ざんげ》に行けますか？」と訊《たず》ねた。

「ええ、べつにいいわよ。でもどうして」

ジュリエットの声に強い苛立《いらだ》ちを聞きとり、これ以上焦《じ》らしてはかわいそうだと乳母は判断した。初めての恋心に、これほどまでに突き動かされているジュリエットが愛《いと》おしかった。その目を見つめ、静かに伝える。

「ロレンス神父さまの庵《いおり》で、夫となる人がお待ちだからですよ」

ジュリエットの顔がみるみる赤くなった。

「立派な紳士でらっしゃいますね、ロミオさまは。一緒にいらしたお友だちは、いやらしいことばかり言って下劣にバカ笑いしてましたけど、ロミオさまはそれはもう礼儀正しくて親切で美男で」お駄賃までくださったことは、あえて伝える必要はないだろう。

「お嬢さまのことを真剣に思っていらっしゃるのが、ようくわかりましたよ。さあ、お嬢さまはとっとと行ってらっしゃいまし。あたしは老体に鞭《むち》を打ってもうひと仕事、今夜のために縄ばしごの用意をしてきますからね。夜はお嬢さまのほうが重労働ですよ」

ジュリエットは乳母をぎゅっと抱きしめると、飛び跳ねるようにして教会へ向かった。


ロミオは待ち切れなかったのか、午前中のうちにロレンスの庵室《あんしつ》へ戻ってきた。ジュリエットは来てくれるだろうか、いや絶対に来る、僕たちの愛はかたいんだ、どんな障害も乗りこえられる等々、ひとりですっかり熱くなっている。

「そのように激しい喜びは激しい終わり方をするぞ」

「火と火薬のように、触れ合った途端に爆発したらどうする」

ロレンスがさまざまな言葉で諫《いさ》めるが、何を聞いても右から左へと抜けるばかりのようで、一途《いちず》な若さがうらやましくなるほどだった。

正午を一時間ばかり過ぎたころ、ジュリエットが息を切らせてやってきた。

「ロミオ、会いたかった！」

「ああ、ジュリエット！　やっと来てくれた！」

胸に飛び込むジュリエットをロミオが抱きしめ、キスをする。

ジュリエットが抱き合ったままロレンスに顔を向け、挨拶をした。

「こんにちは、神父さま。お待たせしてごめんなさい」

ロレンスはジュリエットの形ばかりの挨拶に苦笑いをした。

「挨拶のお返しは、ロミオからふたり分もらうといい」

ロミオはうれしそうにジュリエットに二度キスをした。

「それじゃあお返しのもらいすぎよ」とジュリエットがロミオにキスをする。

「来てくれてどんなにうれしいか。君の思いも僕と同じだって、そう言ってくれるんだね？」

ロミオが額《ひたい》をくっつけ合ったまま訊ねた。

「わたしがどんなにうれしいか、言葉では半分も表せないわ」

「今は誰にも祝ってもらえないけど、本当にいいんだね」

「わたしの心は決まってるわ」

「きっと理解してもらえる日が来るよ」

「そうね。ロミオとなら、その日までどんなことにも耐えられる」

「ジュリエットのためなら、どんなものにも立ち向かってみせるよ」

ふたりはロレンスなど存在しないかのように見つめ合い、愛を語り合う。

ロレンスがやれやれと肩をすくめた。

「こらこら、式はこれからなのだぞ」

ふたりは恥ずかしそうに離れたが、腕は互いの身体に回したままだった。

「さあ、ついてきなさい。人が来ないうちにすませよう」

ロレンスが先に立ち、教会の扉を開いた。

ふたりは一瞬、礼拝堂の厳粛な空気に圧倒された。

薬草や書物など、さまざまな物にあふれていた庵室と比べると、教会はただただ広く感じられた。そこにあるのは古い木と石の匂いと、どんな小さな物音でも大きく拾う静寂だけ。
同時に息を吐きだし、見つめ合った。背筋を伸ばし、祭壇へと足を踏みだす。
大きな薔薇窓《ばらまど》からは、ステンドグラスを通して陽の光が降り注いでいた。

第三幕　決闘、そして追放

ベンヴォーリオとマキューシオは、ロミオを探していた。

あのあと家には帰らなかったらしいと知り、朝から街を歩きまわってやっと見つけ、さあ、昨晩のことを聞きだしてやろうとしたそのとき、「ああ、やっとロミオさまが見つかった」とキャピュレット家の乳母がやってきて、ロミオをどこかへ連れていってしまったのだ。

モンタギューの本家では、ロミオのもとにティボルトから果たし状が届いたと、朝から大騒ぎだった。何がどうなっているのか、さっぱりわからない。

「まったく、どこに消えやがったんだ、あいつ」

マキューシオが怒鳴る。一番の友だと思っていた自分が蚊帳《かや》の外だということに、むかっ腹を立てている。

「もういいじゃないか、帰ろう。暑いから苛《いら》つくんだ。そんなんじゃキャピュレットと出くわしたらたちまち喧嘩《けんか》だよ」

ベンヴォーリオが言うが、かえってマキューシオを苛立たせただけだった。

「お前のほうがよっぽど怒りっぽいじゃないか。そのハシバミ色の目ときたら、いつも喧嘩のネタを探してやがる。おい、お前、さっきの咳《せき》で昼寝をしていた犬が起きたじゃないか！　こら、仕立屋、復活祭の前に新しい上着を着るとは何ごとだ！　ってな」

ベンヴォーリオはあきれたというように目を回してみせた。

「まったく、よく言う――おっと、まずいぞ」

ベンヴォーリオたちのほうへティボルトと家臣たちが向かってきていた。

「退散しよう」

マキューシオのそでを引くが、マキューシオは「知るか」と動こうとしない。

ティボルトが目の前までやってきて、声をかけた。

「ちょっといいか」

「ちょっと何がしたいのかによるな」マキューシオが突っかかる。「剣の舞か？」

「それも悪くない。理由さえあれば」

ティボルトが表情を変えずに剣に手をかけた。

「へっ、自分では理由をつけられないらしい。なら、俺がバイオリンを弾いてやる。合わせて踊ったらどうだ」

マキューシオが剣を抜き、バイオリンを弾く真似をする。

「やめろ。人目がある」

ベンヴォーリオがそう言っても「人の目は見るためにあるんだ。見させておけ」と意に介さない。世間体を構わないところがマキューシオの魅力なのだが、はい、そうですか、と引き下がるわけにいかない。なおも説得しようと口を開きかけたとき、ロミオがやってきた。

ベンヴォーリオが見つけると同時に、ティボルトもロミオを見つけた。

「お前はもういい、引っ込んでろ」

ティボルトがマキューシオを払う仕草をした。

「なんだと?」

マキューシオがいきり立つが、ティボルトの目にはもうロミオしか映っていない。

ベンヴォーリオはほっと息をついた。ロミオならいつものようにティボルトをうまくいなし、大ごとになるのを防いでくれるだろう。

「おい、悪党！」ティボルトがロミオに向かって叫ぶ。

ところが、ロミオの様子はどうもおかしかった。悪党呼ばわりされても満面の笑みを浮かべている。

「やあ、ティボルト。ごきげんよう。僕は悪党じゃないけど、今の侮辱《ぶじょく》は許すよ。君の知る由もない理由があるからね」

その声は、まるで歌でも歌っているかのようだった。

「何をわけのわからないことを。侮辱されて怒っているのはこっちだ。剣を抜け！」

「僕が侮辱した？　まさか。それどころか、キャピュレット家の君のことはとても大切に思っているのに。こんな諍《いさか》いはもうよそう」

ベンヴォーリオから見ても、今回の態度は明らかに今までと違っていた。にこにこと握手でも求めそうだった。

剣を手にしたまま見ていたマキューシオが大声をあげた。

「やい、ティボルト、こっちを向きやがれ！」

ティボルトが振り向くと、マキューシオはさらに言った。

「ロミオの不甲斐《ふがい》なさときたら、見られたもんじゃない。ネコの王さま、ティボルトさま、お前の九つある命のうち、ひとつを俺さまが代わって頂戴してやる。さっさと剣を抜け！　それともその耳をみじん切りにしてやろうか？」

ティボルトが黙って剣を抜き、マキューシオと向かい合った。

殺気だったふたりの様子に、ロミオもようやく気づいた。

「どうしたんだよ、ふたりとも」

ロミオのことなど目に入っていないかのように、マキューシオとティボルトは腰を落として剣を構えた。殺気がふたりの間にまとわりついている。

ロミオは慌てた。これは本気だ。下手をすればどちらかが死んでしまう。

「やめろ！　ベンヴォーリオ、ティボルトの剣を叩《たた》き落とせ！」

ベンヴォーリオが剣を抜いてティボルトへ向かっていくと同時に、ロミオもマキューシオの腕を取ろうとした。

ところが、それが裏目に出た。

ロミオの身体でマキューシオは視界を遮られ、ティボルトの剣を見失ってしまった。ティボルトのほうも、マキューシオの動きがわからなくなった。ベンヴォーリオの剣に叩かれるよりも早く、体重をのせたティボルトの剣が、ロミオの脇の下からマキューシオの胸を刺した。そこは急所だった。

ティボルトの抜いた剣には、血がべっとりとついていた。

「帰るぞ」と家臣たちを伴い、ティボルトは足早に立ち去った。

ロミオたちはティボルトが気を変え、決闘をやめたのだと思い、安堵に包まれた。だが、ロミオが身体を離した次の瞬間、マキューシオが胸に手を当て、ひざから崩れ落ちた。

「医者を……」声を絞るマキューシオの顔が、瞬《また》く間に青ざめていく。

「冗談だよな？」ロミオの声がかすれた。

「それが本当なんだよな」

マキューシオが弱々しく笑みをつくり、あえぎながら言った。その指のあいだからあふれだした血が、石畳にたまっていく。

「あんなやつに負けるわけないのに、お前のせいだぞ。お前の脇の下から、刺されちまった。くそっ、なんだって割って入ったりしたんだ」

ロミオは言葉を失った。マキューシオが刺された？　それも自分のせいで？

マキューシオが真っ青になった口から血を吐きだした。

「モンタギューもキャピュレットもくたばるがいい」

それが、マキューシオの最期の言葉だった。

嵐のような悲しみと、不甲斐ない自分への怒りがロミオを襲った。

マキューシオがティボルトと決闘したのは、ロミオの名誉を守るためだった。愛だ結婚だとのぼせあがっていたせいで、マキューシオを死なせてしまった。

私たちは、白シャツ×デニムで

MOTHER × stylist 福田栄華

A5判ソフトカバー●1,600円

美しきインフルエンサー・ママたちによる
新しい白シャツ×デニム
スタイルブック誕生!

3人の子どもを持つ一人のママが始めた一般社団法人「MOTHER」は、現在インフルエンサー・ママたちで構成されメンバー 250名、PR協力やイベント主催などを通じて困っているママの力になる社会貢献活動を展開中。彼女たちの公式活動ユニフォームは、誰もが持っていて、誰もが似合う白シャツ×デニム。メンバーの一人、人気スタイリストの福田栄華と有志がつくった、最旬リアルスタイルブック!「白シャツとデニム、似合わない人はいません!」という福田の言葉通り、30代、40代をキレイに見せる絶妙セレクトがいっぱい。きっとあなたにも似合うコーディネートが見つかります!

お問い合わせ:光文社ノンフィクション編集部 tel.03-5395-8172　non@kobunsha.com
商品が店頭にない場合は、書店にご注文ください。
※表示価格は本体価格(税別)です。

光文社ノンフィクション編集部の好評既刊

スタイリスト 髙橋リタの 偏愛ITEMリスト100

A5判ソフトカバー●1,600円

髙橋リタ

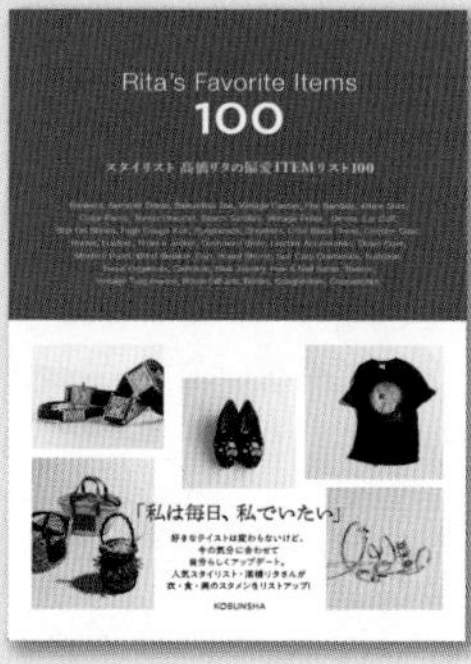

人気スタイリスト髙橋リタさんが プライベートで「偏愛」する、スタメンを100アイテム!

スタイリスト 髙橋リタさんの最大の魅力は、どのコーディネートにも「クリーン、知的、上品」=リタ・テイストが生きていること。時代に寄り添いアップデートを重ねながらも、根本の部分は不変です。その現在形を存分に盛り込んだ新しいスタイルブックが誕生。愛してやまないファッションはもちろんのこと、旅、雑貨、行きつけの美容室に至るまで、大人の女性がすぐに真似したい、いつか手にしたい素敵な100のセレクト。Q&Aコーナーや、歴代の懐かしいファッションアイテム年表など、憧れのリタさんを身近に感じられるコラムも充実!

©Kishin Shinoyama

寂庵コレクション Vol.2

あなたは、大丈夫

瀬戸内寂聴

四六判ソフトカバー●1,400円

寂聴さんに話せばその悩み、軽くなります!

「なぜ、人に話せない悩みも私に話してくれるのか。それは私が小説家であり出家しているということが大きいでしょう」寂聴さんの新聞で不動の人気だった悩み相談。不倫、親子の確執、いじめ、老いらくの恋にいたるまで、寂聴さんが優しく、ときには厳しく、自由な発想で答える。誰が読んでも不思議と心がすっきり前向きになれる一冊。巻頭スペシャル対談として、宮沢りえさんとの最新トークを収録!りえさんは、恋多き作家・瀬戸内晴美の半生から得度までをドラマで演じ、各界から絶賛された浅からぬご縁。3年半ぶりの寂庵で、これまでの人生、愛・仕事について、深く本音で語りあう貴重な機会となった。

寂聴さんと宮沢りえさんの最新対談も!

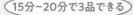

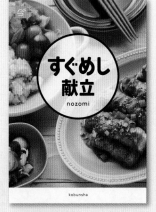

ロミオはマキューシオの死に顔を目に焼きつけ、立ちあがった。

「どうした、ロミオ」とベンヴォーリオが訊《き》くが答えず、そのまま走りだす。

「待て、ティボルト!」

屋敷に入ろうとしていたティボルトが振り向いた。

「マキューシオは死んだぞ」

「そうか」とティボルトは眉《まゆ》ひとつ動かさずに答えた。

やはりティボルトにはわかっていたのだ。

だが、それだけなら、命まで奪おうとは思わなかったかもしれない。しかし、ティボルトは続けて言った。

「馬鹿なやつだ」

その瞬間、ロミオは慈悲の心を捨て、復讐《ふくしゅう》の女神に身を委《ゆだ》ねた。

「あいつの魂が道連れを待っている。覚悟しろ!」

「ならお前が行け。この世でもあいつとつるんでいたんだ。あの世でもまた一緒につるめるぞ」

ティボルトがせせら笑い、ロミオの身体の底から憎しみが湧きあがってきた。

「それはこの剣が決める！」

追ってきたベンヴォーリオが何か言っているが、聞こえない。ロミオが剣を抜くと同時にティボルトも剣を抜き、家臣に下がっていろと合図をした。

一対一の決闘である。

緊迫した空気に包まれる。剣を構え、間合いをはかる。

ティボルトの剣など、ロミオにとってはたやすく読み切れるものだった。相手が踏み込んできた瞬間に横に交わし、すぐに踏みだした。

次に気がつくと、ティボルトがゆっくりと後ろに倒れるところだった。後頭部が石畳に当たり、ドスッと鈍い音がした。ティボルトは倒れたままぴくりとも動かなかった。

ロミオの手が震え、剣が落ちた。キャピュレットの家臣の叫び声が聞こえた。

「ティボルトさま！」

「ご当主さまにお知らせを！」

野次馬も「エスカラスさまに伝えろ！」と騒ぎだした。

ロミオは動かなくなったティボルトをぼんやりと見下ろしていたが、ベンヴォーリオに腕を引かれ、「何をしてるんだ、さっさと行け！」と耳元で叫ばれて我に返った。

捕らえられれば死刑だ。逃げなくては。

エスカラス公爵《こうしやく》の城の門前に、マキューシオとティボルトの亡骸《なきがら》が運ばれた。キャピュレット家とモンタギュー家からは、およそ屋敷を空にして全員が駆けつけている。日頃は静粛なその場所に、死を嘆き悲しむ声と怨嗟《えんさ》の叫びが交じり合い、負の感情が唸《うな》るように渦巻いていた。特にキャピュレット夫人は人目もはばからずティボルトの遺体にすがりつき、声をあげて泣いていた。

跳《は》ね橋《ばし》が下ろされ、城の門が木と金属の擦《こす》れる音とともに開いた。エスカラスが六人の従者を伴って現れた。暑いこの日もきらびやかに装飾された外套《がいとう》を羽織り、ほかの者たちよりもひと回り大きく見えた。

エスカラスが悲痛な面持ちで、そこに集まる人々を背丈の半分ほど高い場所から見渡す。その目は、マキューシオの亡骸のうえに止まった。

「嘘であってほしいと願っていたが……」

キャピュレットとモンタギューはただ無言でうつむくだけだった。

エスカラスが目に怒りを宿らせ、叫んだ。

「なぜこうも同じ過ちを繰り返す！　今度の騒ぎを起こした者は名乗り出よ！」

重い沈黙ののちに、ベンヴォーリオが前に進みでた。

「わたくしからご説明いたします。一部始終を見ておりましたので」

キャピュレット夫人が「モンタギューの家の者は嘘を言うに決まってるわ！」と金切り声をあげたが、エスカラスに促され、ベンヴォーリオは説明を始めた。

「この諍いをはじめに起こしたのは、そのティボルトです」そう言って、すでに息のないティボルトを指す。「まず、ティボルトとマキューシオが顔を合わせ、挑発し合いました。互いに剣を抜き、わたくしや通りかかったロミオが止めるのも聞かず、ついにはティボルトがマキューシオを刺しました。マキューシオが死ぬと、今度はロミオとティボルトの決闘となり、ティボルトが倒れたのです。これが真実です」

キャピュレット夫人がティボルトの身体から顔をあげ、真っ赤になった目でベンヴォーリオをにらんだ。

「この嘘つき！　ティボルトはモンタギューの者たちに集団で襲われ、殺されたのよ！　ああ、大公《たいこう》さま、どうか公正なご判断を」

エスカラスが重々しく口を開いた。

「ロミオがティボルトを殺し、ティボルトがマキューシオを殺した。では誰がマキューシオの死を血であがなうのだ」

モンタギューがすぐに言葉を返した。

「我が息子ロミオではありません。マキューシオはロミオの親友でした。ティボルトに親友を殺され、ロミオは法に代わってティボルトを罰しただけです」

エスカラスはモンタギューを見やり、ひと息ついてから口を開いた。

「ならば、その罪ゆえに、ロミオを即刻ヴェローナから追放する」

モンタギューは口を引き結び、モンタギュー夫人はその場に崩れ落ちた。

「なぜ死刑でないのです！」とキャピュレット夫人が叫んだ。

ベンヴォーリオは何も言わなかった。この決定が大公としての精一杯の慈悲であることは痛いほどわかった。

「わが身内までも死に追いやったことを悔いるがいい。ロミオの顔をふたたび見るようなことがあれば、死刑に処す。いいな」

そう言ってエスカラスは外套をひるがえし、門は閉ざされた。


両親も使用人たちも血相を変えて駆けていったというのに、ジュリエットはまったく気づいていなかった。広い庭に面したバルコニーに立ち、空を眺めていたからだ。

もう少しして日が傾けば、この蔦《つた》の絡まる館も、着ている服も植え込みも、すべては庭に赤く咲く柘榴《ざくろ》の花のように、夕陽に染まる。そして、夜のとばりが広がり、漆黒の闇があたりを覆いつくせば、その闇に紛《まぎ》れてロミオがやってくる。

なかなか沈んでいかない太陽がうらめしかった。

「太陽神ヘリオスの車を引く馬たちよ、もっと速く走って！」と祈るようにつぶやく。

待つ時間というのは、なぜこれほどのろいのか。子どものころ、買ってもらった新しい服を明日まで着てはいけませんと言われ、同じように待ちきれなかったことが思い出される。

そこに乳母が「お嬢さま……」と入ってきた。

「どうしたの？　ロミオから何か知らせが？」

振り返ったジュリエットは、乳母が涙を流しているのを見て心臓が止まりかけた。

「もしかして悪い知らせ？　そうなのね？」

そう訊《たず》ねるが、乳母は両手を揉《も》み合わせるばかりで、口を開きかけては閉じてしまう。

「どうしたの？　ロミオに何かあったの？」

「ええ、ジュリエットさま、まさか、まさか亡くなってしまうなんて――」

「そんな、神さま、あんまりです!」

ジュリエットが悲壮な叫びをあげると、乳母も泣き叫んだ。

「ひどいのは神さまではなく、ロミオです! ああ、こんなことになるなんて」

ジュリエットには意味がわからなかった。

「どういうこと? ロミオは死んだの? 死んでないの? ちゃんと説明して」

「痛ましい血だらけのお姿。ばあやはひと目で気が遠くなりました」

ジュリエットの気も遠のきそうだったが、次の乳母の言葉でまたもや混乱した。

「ああ、ティボルトさま、やさしいお方だったのに」

「ティボルト? どうしてティボルトが出てくるの? ロミオとティボルト、ふたりともが死んでしまったの?」

乳母は涙のあふれる目でジュリエットをにらみ、言った。

「死んだのはティボルトさまで、ロミオは追放。ロミオに刺されて、ティボルトさまが亡くなられたんです！」

ジュリエットは自分の耳が信じられなかった。これは夢ではないだろうか。だが、乳母は繰り返した。

「ティボルトさまがロミオに殺された。男なんて信用できない。偽善者ばかり。ああ、ピーター、気付けのブランデーをちょうだい！」

どうやら本当らしい。理由はわからないが、妹のようにかわいがってくれた従兄《いとこ》のティボルトを、夫であるロミオが殺してしまった。涙がまつ毛にたまり、拭う間もなくこぼれ落ちていった。

「ロミオがそんな……ひどい……」

「まったくですよ、お嬢さま。ロミオは恥を知るべきです！」

「ロミオのことを悪く言わないで！」

「なぜ、かばうのですか！」

「夫だからよ！」

ジュリエットと乳母は濡《ぬ》れそぼった顔でにらみ合った。

「わたしは妻になってまだ何時間も経《た》たないのに、夫は追放。ティボルトが死んだだけでも十分悲しいのに、夫にももう会えないのよ。どうせ悲しいことが続くなら、ティボルトが死んだ、両親も死んだ、とかでよかったのに」

「まあ、お嬢さま、なんて罰当たりな！」

「だってそうじゃない。夫が死ななかったことを喜びたいのに『追放』だなんて、ティボルトが一万人死んだくらい悲しいわ。わたしの処女は死神にくれてやる！」

ジュリエットはそう叫ぶと、激しく泣き崩れた。

その様子を見守るうちに、乳母の心のなかで不安が膨れあがっていった。この嘆《なげ》きようでは、本当にジュリエットまでが命を断ちかねない。

「とにかくお嬢さま、お部屋へお戻りなさいまし。ロミオさまは暗くなるまでどこかに隠れておられるはず。ばあやが見つけだして、お嬢さまは今夜、約束どおりここでお待ちだと伝えますから」

ジュリエットが顔をあげた。

「本当に？」

「ええ。だから、そんなにお泣きにならないで」

「ありがとう。やっぱり、ばあやはわたしの味方ね」

ジュリエットが少しだけ笑顔になった。指にはめた金の指輪を抜き、乳母の手に握らせる。

「わたしの心が変わっていない印として、これをロミオに渡してちょうだい。最後のお別れを言いに、必ず来てと伝えて」


逃げたロミオがロレンス修道士の庵室《あんしつ》に隠れていることを、乳母はロミオの従者、バルサザーから聞きだした。だが、人目を忍んで訪ね、扉を小さく叩くが返事がない。もう少し強く叩き、「神父さま、ジュリエットさまの乳母です」と言うと、ようやく小窓が開き、ロレンスが顔をのぞかせた。

「ああ、助かった」とロレンスが戸をあける。

「ロミオさまは？」と乳母が聞くと、ロレンスは部屋の隅を手で指し示した。

ロミオはひざを床に、壁に手を突いて肩を震わせていた。

「あのとおり、まるで駄々っ子です。ジュリエットのいるヴェローナを追われるのは死刑と同じだと、寛大な大公さまのお慈悲をわかろうともせず、ジュリエット、ああジュリエットと、自分に酔っている」

乳母が大きくため息をついた。

「まったく若い者ときたら。ほら、ロミオさま！　しっかりなさいまし！」

ようやくロミオが乳母の存在に気づいた。

「ばあや！　ばあやじゃないか！　ジュリエットは？　ジュリエットはどうしてる？身内を僕に殺されてなんと言っている？」

「ジュリエットさまも、あなたさまと同じですよ。『おお、ロミオ〜！』と叫んでは、ばたりと倒れなさる」

「ロミオ、ロミオ。忌まわしい名前め！　すべてはこの名前のせいだ。神父さま、この身体のどこに名前があるのですか？　この短剣で刺し殺してやる！」

ロミオは息巻いて短剣を振りあげ叫んだが、たちまち乳母に「くだらないことはおよしなさい」と短剣をひったくられた。

ロレンスがもう我慢ならないというように声を荒らげた。

「見損なったぞ、ロミオ。そんなことではろくな死に方をしないぞ！」

ロミオだけでなく、乳母までもが驚いた目で修道士を見た。

はっと激昂《げっこう》してしまった自分を省《かえり》み、いつもの静かな声に戻って続けた。

「ロミオ。お前はティボルトに殺されずにすみ、大公に死刑にされずにすんだ。その幸運をなぜ噛《か》みしめようとしないのだ。いいか。今夜、キャピュレットの家の者はみな悲しみに沈み、早くに寝静まるだろう。男だったらジュリエットのところへ行き、慰めてあげよ。そして夜が明けぬうちにマントヴァへ行け。わたしの知り合いにかくまってもらおう。頃合いを見計らって、わたしから大公さまにふたりの結婚をお伝えするから、両家の理解と大公の赦《ゆる》しが得られたのちに、お前は堂々と帰ってくればいい」

乳母がほれぼれとロレンスを眺める。

「さすが神父さま」

ロレンスの頬に赤味が差した。

「あなたはお屋敷に戻り、ジュリエットに伝えてください。ロミオは必ず行くと」

「わかり――あ、そうそう、ロミオさまにジュリエットさまから預かり物がございます」

乳母は指輪をロミオに渡し、必ず来てくれという伝言も伝えた。

「ありがとう、ばあや」

「邪魔が入らないよう、あたしが戸口で見張っておきますが、いいですね、暗いうちに出てってくださいよ」

「ああ、必ず。ばあやとはこれでお別れだね。最後までありがとう」

「そんなことはいいから。しっかりやってくださいまし」

「わかった。お元気で」
ロミオはジュリエットの指輪を握りしめ、帰っていく乳母を見送った。

その夜、キャピュレット家の広間の明かりはなかなか消えなかった。通りの片隅でじっと時が過ぎるのを待っていたロミオだったが、とうとう業を煮やし、真夜中を少し過ぎたころ、石の塀を乗りこえた。木々の向こうに見えるバルコニーでは、縄ばしごが風に揺れていた。暗がりを伝ってバルコニーの下まで行き、音を立てないように気をつけて縄ばしごを登る。見あげると、バルコニーの手すりから身を乗りだすようにしてジュリエットが待っていた。

手すりを越えたロミオは、ジュリエットを胸に強く抱いた。口づけを交わし、また胸に抱く。昨日、バルコニーの上と下とで愛を語り合ったのが、ずいぶん昔のことのように感じられた。少しだけ身体を離してジュリエットの顔を見る。昨日よりさらに美しく、まぶしいばかりだった。ロミオは涙がこみあげそうになるのをぐっとこらえ、ジュリエットの細い指に金の指輪を戻した。ジュリエットが微笑んだ。

ジュリエットの手に導かれて部屋に入ると、月明かりがくっきりと差し入り、漆喰《しっくい》の壁にはステンドグラスの七色の光が紋様を描いていた。ふたりは静かにベッドに腰をかけ、そっと互いの身体に触れ合った。


夜明けまで何時間もないというころ、キャピュレット家の門を叩く者がいた。

「こんな時間にすみません。先ほどこの悲劇を知り、こちらの明かりがついているのが見えたもので。ティボルト殿が亡くなられるとは……」

パリスだった。

迎えたキャピュレットはさんざんな一日を過ごし、疲れ切っていた。だが、わざわざ来た伯爵をすぐさま追い返すわけにはいかない。パリスは「ひと言お悔やみをと思っただけですので……」と恐縮がるが、広間に通し、使用人に飲み物を用意させた。

「地方から戻られたばかりだというのに、わざわざありがとうございます」

「いえ。ジュリエットさまもさぞお嘆きでしょうから」

やはりパリスはジュリエットを慰め、点数を稼ぐつもりで来たのだ。ティボルトの死を悼《いた》んでいるわけではない。キャピュレットは少し腹立たしく思った。

「ええ、なにせジュリエットは幼いころからティボルトについてまわっていましたから、あれからずっと嘆き悲しんで部屋にこもっておりまして」

「そうでしょうとも。当然です」

「乳母までも部屋から閉めだし、まったく出てこようとしないもので、結婚のこともまだ確かめられておりませんで」

「もちろん、このようなときに婚儀の話などとんでもない」

「結婚の話を進めるにしても、このような状況では、しばらく時間が必要かと」

これだけ言えば下心が挫《くじ》かれた落胆を垣間見せるだろうと、キャピュレットは思っていた。

ところが、パリスは毅然《きぜん》としていた。

「わかっております。今日はいても立ってもおられず、皆さまのお悲しみに少しでも寄り添えればと来てしまいました。ティボルト殿は本当に立派な青年でした」

そう言ってひとしきり生前のティボルトを褒《ほ》め称《たた》えたあと、「落ち着かれたころにまた来ますが、わたしにできることがあれば、なんなりと遠慮なく連絡してください」と丁寧に頭を下げ、去っていこうとする。

パリスの気高い態度に、キャピュレットは深く感じ入った。やはり伯爵《はくしやく》ともなると人間の出来が違う。

「お待ちください、パリス殿」

パリスが振り返り、首をかしげた。「何か？」

「本人に代わって、わしが結婚を承諾します」

パリスは口を開いたが、言葉が出てこないようだった。

「なに、あいつの気持ちなら、父親であるわしが一番よくわかっています。嘆きすぎると身体に触る。大好きな従兄を亡くした悲しみも、あなたとの結婚でいくらかは紛れるでしょう」

「しかし――」とパリスが言うが、思い込んだら最後、キャピュレットは誰の言うことも聞かない。

「悲しみのあとですから、近しい者だけのささやかな式となりますが、よろしいですな。今日は月曜、いや、夜が明ければもう火曜か。木曜日ではどうでしょう?」

「もちろん、こちらはいつでも大丈夫ですが――」

「では木曜日に。ジュリエットも朝には少し落ち着いているでしょう。家内から伝えさせます」

いきなりのことで戸惑っていたパリスも、誰を招待するのか、どこの教会で式を挙げるのか、宴会はどうするかなど、てきぱきと段取りを進められ、帰り際には笑みを浮かべていた。

「わたしは幸せ者です。木曜日が明日だったらいいのにと思いますよ。おやすみなさい」

機嫌よく帰るパリスを送りだし、キャピュレットは「よしよし」と独りごちた。

こういうときは、悪いことが連鎖しないよう断ち切らねばならないのだ。ジュリエットも大いにありがたがることだろう。

広間の明かりを消して寝室に戻ったキャピュレットは、すでに床に入っていた妻を起こして伝えた。

「おい、お前、結婚式は木曜日だ。夜が明けたらすぐにジュリエットに伝えてこい」

これでようやく少しだけでも眠りにつけそうだった。


東の空がかすかに白みだした。ほんのわずか前までは水底のように静まり返っていたのに、申し合わせたようにヒバリがにぎやかにさえずりだした。

「ああ、ヒバリが鳴いている。もう行かないと」

ロミオはジュリエットの髪を愛《いと》しげに梳《す》きながら言った。

「あれはナイチンゲール。夜の鳥よ」

まだなかば夢の中にいるジュリエットが、目を閉じたまま口の中で答えた。

「いや、ヒバリだよ。見てごらん。東の空に光の筋が差している」

ジュリエットは眠そうに目をあけ、また閉じた。

「あれは太陽の光じゃないわ、流れ星。まだ行かないで」

ロミオはふっと笑い、ジュリエットを抱いた。

「君が行くなというなら行かないよ。殺されてもいい」

途端《とたん》にジュリエットが目を大きくあけ、上体を起こした。

「ダメよ、行かないと！　ヒバリが鳴いているわ！」

ロミオは露《あら》わになった胸を愛おしげに見つめ、夜の喜びを今一度なぞるように顔をうずめた。

「大丈夫、あれはナイチンゲールさ」

「違うわ、ヒバリよ！　わたしたちを引き裂く耳障《みみざわ》りな声！」ジュリエットは飛び起き、床に脱ぎ散らかされたロミオの服を拾った。「早く身支度《みじたく》して！　明るくなる前に街を出ないと！」

ロミオは子どものようにジュリエットの手で服を着せてもらった。次はいつ会えるかわからない。無言の時間が流れ、やり場のない悲しみにふたりの胸がつまる。

ロミオはもう一度ジュリエットを強く抱きしめて、甘い口づけをした。

「手紙を書くよ」

「また会えるわよね？」

「もちろん。そのときには胸を押《お》し潰《つぶ》すようなこの苦しみも、笑い話になってるさ」

「そうね。さあ、もう行って」

最後にもう一度キスをして、ロミオは縄ばしごを下りていった。

ジュリエットは縄ばしごを引きあげ、下から手を振るロミオに目を凝《こ》らしたが、涙ににじんでよく見えなかった。

「さようなら、愛しい人」

未明の薄暗がりの中では、ふたりの顔もあたりの景色も、すべてが死の世界のように灰色に沈んでいた。

ロミオの姿が見えなくなってもバルコニーにたたずんでいると、部屋の戸が少し開いて、乳母の声がした。

「ジュリエットさま、奥さまがこちらにいらっしゃいます」

ジュリエットは急いでベッドに戻り、天蓋《てんがい》を閉じてシーツにくるまった。寝具に吹きかけておいたオレンジの匂いに混じり、ロミオの香りがかすかに残っていた。また涙がこみあげてきた。

「おはよう、ジュリエット」

キャピュレット夫人が声をかけたとき、ジュリエットは背を向けて丸まっていた。

「泣いていたのね」キャピュレット夫人がため息とともに言った。「お母さまも心の底から悲しいわ。ティボルトが本当に好きだったから。でも、どんなに嘆き悲しんでも、彼は戻ってこないの」

どんなに嘆き悲しんでも、ロミオは戻ってこない。ジュリエットの口から嗚咽《おえつ》が漏れた。

「ええ、お母さま、彼はもう戻ってこない」

キャピュレット夫人がジュリエットの背をさする。

「ティボルトは死んだのに、殺したロミオは生きている。それが悔しくて泣いているのね」

「そう、わたしの手の届かないところへ行ってしまったから」

「安心なさい。マントヴァへ逃れたらしいけど、仇《あだ》はお父さまとお母さまが必ず討ってやります。毒を盛るのがいいかしらね」

ロミオに毒を？　ジュリエットは母親を振り返り、慎重に言葉を選んで言った。

「ええ、ロミオの顔を、死に顔を見れば、わたしも気持ちが晴れるわ、お母さま。だから、わたしにやらせて。ティボルトを思っていたわたしのこの愛を、思う存分ぶつけてやるから」

だが、母親はやさしく「いいのよ、あなたはそんなことを考えないで。かわいそうに、こんなに泣きはらした目をして」とジュリエットの頬に触れた。ジュリエットをマントヴァに行かせる気は微塵《みじん》もないらしい。

黙っているジュリエットを見て、キャピュレット夫人が気分を変えるように明るい声になって続けた。

「それよりもね、あなたにはもっとうれしい知らせがあるの。お父さまがこの上ない喜びを用意してくださったわよ」

「喜び？」

「ええ。知りたい？」

ジュリエットはいぶかしく思いながらうなずいた。

母親の口から出た言葉は思いも寄らないものだった。

「あなたとパリスさまとの結婚を、木曜日に決めてくださったの」

ジュリエットは飛び起きた。

「結婚？　まだ求婚もされてないのに？　嫌よ。絶対にしない。こんな話、どこが素晴らしいのよ。勝手に決めないで！」

キャピュレット夫人は驚いた。跳ねっ返りの娘ではあるが、これほど激しく反抗されたことは初めてだった。

「なんですか、その口のきき方！　どういうつもり？」

「だって嫌なものは嫌なんだもの。絶対に絶対に嫌です。お父さまにそう言って」

「お母さまからそんなこと、お父さまには言えません。どうしてもと言うなら、自分でおっしゃい！」

激しく言い争っていたふたりはもちろん、はらはらと見守っていた乳母も、当のキャピュレットの杖《つえ》の音に気づかなかった。

「どうしたんだ、大声を出して」

寝そびれたキャピュレットは虫の居所が悪かった。せめてジュリエットの喜んでいる顔を見ようと思って来てみれば、何やら騒いでいる。部屋に入って涙に濡れたジュリエットの顔を見るなり、夫人を責めた。

「まだ泣いていたのか。早く伝えてやれ。何をぐずぐずしている」

キャピュレット夫人は「まあ！」と声をあげ、ぷいと横を向いた。

「伝えましたとも。それなのにもうこの子ったら。いっそお墓と結婚すればいいんだわ」

「墓と結婚？　縁起でもないことを」

「だってあなた、この子、パリスさまとは結婚しない、余計なことはするなって言うんですよ」

たちまちキャピュレットの顔が歪《ゆが》んだ。

「余計なこと？　娘のためを思ってこれ以上ない縁談を決めてやったのに、うれしい、ありがたいと思わんのか！」

ジュリエットはそっぽを向いていたが父親の目をまっすぐ見返し、努めて冷静に答えた。

「ありがたいとは思います、お父さま。でも、うれしくないの」

キャピュレットの顔が真っ赤になった。

「なんという屁理屈《へりくつ》だ、いい加減にしろ！　引きずってでも聖ペトロ教会に連れていくからな！　そのきれいな手脚でも磨いておけ！」

部屋を出ていこうとする父親の前にひざまずいて、ジュリエットは懇願した。ロミオとすでに結婚している、重婚の罪を犯すことはできない。そうきちんと伝えなければと必死だった。

「お願い、お父さま。話を聞いてください」

「うるさい、口答えするな！　まったく、ひとりしか子どもが残らんかったことで神を恨んだが、そのひとりもこのような出来損ないとは」

乳母が「そんな言いようはあんまりですよ、ご主人さま」と口を挟み、妻が「あなた、落ち着いてくださいまし」とたしなめたが、キャピュレットの怒りの矛先《ほこさき》を自分たちにも向けさせただけだった。

「黙れ黙れ、女のおしゃべりにはうんざりだ！　まったく、どいつもこいつも癪《しゃく》に障《さわ》る。わしが家族のためにどれほど腐心《ふしん》しているか、誰もわかっておらん。いいか、ジュリエット。どうしてもわしの言うことが聞けないというなら、もう親子でもなんでもない。ここから出ていけ。どこへなりと行き、野垂《のた》れ死《じ》ぬがいい。よく考えて答えを出すんだな」

ジュリエットは父親を呆然《ぼうぜん》と見送っていたが、続いて出ていこうとする母親の長い裾《すそ》に慌ててすがりついた。

「ねえ、お母さま、お願い。せめて一週間延期して。お父さまにそうお願いして」

だが、母親はきっぱりと頭を振った。

「お父さまをあんなに怒らせてしまって、お母さまはもう知りません。好きなようにしなさい」

部屋にはジュリエットと乳母のふたりだけになった。

ばあやなら助けてくれる！　そう思って見るが、乳母は黙ったままだった。

「ねえ、ばあや。ロミオと一生添い遂げると天に誓ったのを知ってるでしょ？　重婚は罪なんでしょ？　何かいい方法はない？　ねえ、どうして何も言ってくれないの？」

乳母はジュリエットの手を取り、撫《な》でながら言った。

「お嬢さま、こう申しあげるのはつらいんですが、ロミオさまは死んだも同然。そのご結婚のことはお忘れなさいませ」

ジュリエットがさっと手を引いた。

「何を言うの、ばあや！」

「ロミオさまは追放されてしまいましたしね、お嬢さまとここで幸せな家庭を築けるのは、いったい何年後になることやら。いえ、正直、もう無理だと思いますよ。たとえできたとしても、日陰者《ひかげもの》の生活です。そんなジュリエットさまを、あたしは見たくありません。悪いことは言いませんから、パリスさまとご結婚なさいまし。パリスさまと比べたら、ロミオさまなんて雑巾《ぞうきん》ですよ。本当にこれ以上ない縁組み。最初のよりもずっといいですよ」

ばあやはなおも話しつづけていたが、ジュリエットは聞いていなかった。絶望にすっぽりと覆われ、外界から遮断されたような気持ちだった。

ジュリエットは静かに「本心で言ってるの？」と訊いた。

「ええ、もちろんですとも。ばあやの本心です。そうでなければ地獄に落ちてもかまいません」

なら落ちてしまえ、とジュリエットは心の中でつぶやいた。もう頼るものか。

ジュリエットは愛らしい微笑みを浮かべた。

「ありがとう、ばあや。おかげで落ち着いたわ。ロレンス神父さまのところに懺悔《ざんげ》に行ってくるから、そうお父さまとお母さまにお伝えしてくれる？」

乳母の顔がぱあっと明るくなった。

「それでこそお嬢さま！　事情が事情だから、最初の結婚は数に入りゃしません。重婚の罪にはならないと、神父さまも請《う》け合ってくださることでしょうよ。幸せにおなりください。ああ、よかったよかった。ご主人さまも奥さまも、どれほどほっとなさることか。さっそくお伝えしてこよう」

うれしそうに出ていく乳母の後ろ姿を思いきりにらみつけてから、ジュリエットは出かける支度をした。

第四幕　逃亡と計略

ジュリエットがロレンスのところに着くと、そこにはもっとも会いたくないパリスがいた。結婚式の段取りを相談に来ていたのだ。

パリスが大きな笑顔を見せた。

「これは愛《いと》しい妻！」

ジュリエットの背中を寒気が走った。

「そう呼ばれるようになるのですね、結婚後は」

精一杯の抵抗で、ロレンスだけにわかる含みを持たせて言葉を返す。そう、わたしはロミオの妻なのだ。

「ここへ、神父さまにわたしへの愛を告白しに？」

調子に乗るんじゃないわよ、と心のなかで毒づき、しれっと答える。

「あの方を（ロミオを）愛しておりますと、告白しようと」

「泣きはらした顔をされている」

「わたしの顔なんて、もとからひどいものです」

「その顔は、もうあなたのものではないのですよ」

「たしかにそうですね（ロミオのものだから）」

ひりひりとするやり取りを見かねたロレンスが「さあ、では告白を聞こう。パリス伯《はく》爵《しゃく》、ジュリエットとふたりにしてもらえますかな」とパリスを戸口へと案内する。

「ああ、もちろんです。では、おふたかたとも明後日、木曜日に」

パリスはスキップでもしそうな足取りで帰っていった。


ふたりきりになってロレンスの柔和《にゅうわ》な顔を見た途端、ジュリエットのなかで張《は》り詰《つ》めていたものが切れたのか、さっきまでの勝ち気な様子は影を潜《ひそ》め、目から涙があふれ、こぼれ落ちた。

「神父さま、パリスさまから聞かれたのでしょう？　どうかお助けください。このままでは木曜に結婚させられてしまいます。もう頼れるのは神父さまだけ。神さまがロミオとわたしの心を、神父さまが二人の手を結んでくださいました。ほかの人と結婚などできません」

キャピュレットが言いだしたのなら変更は難しいだろうと思いつつも、ロレンスは念のため訊《き》いてみた。

「延期することもできないのだな？」

「できません」ジュリエットははっきりと答えた。

「乳母はなんと？」

「パリスさまと結婚するのが幸せだ、ロミオのことは忘れろ、と」

ロレンスは黙って目を閉じた。乳母の言うことは正論だ。しかし、頼りにしていた乳母にまで見捨てられ、ジュリエットは今、絶望の淵《ふち》にいる。目を閉じていても、すがるような視線が痛いほど感じられた。だが、だからといって、自分に何ができるのか……。

長い沈黙を破ったのは、ジュリエットのかたい声だった。

「経験も学問もお持ちの神父さまにも手立てがないのなら、この命を断つまでです。短剣を用意してきました」

ロレンスは目をあけ、ジュリエットを見た。

見つめ返すジュリエットの目からは、ぽろぽろと涙がこぼれ落ちつづけている。

「待て、早まるな」

ロレンスはため息をついた。若さは止《とど》まるということを知らず、死をも恐れない。

死――。

ロレンスの目が、部屋の隅にある薬品棚を見る。

「死んでもいいとまで思っているのなら、手がないこともない。ただ……」

たちまちジュリエットの顔が輝いた。

「ありがとうございます、神父さま。可能性があるのであれば、高い塔のうえから飛び下りろと言われようが、毒蛇のすむ藪《やぶ》に忍び込めと言われようが、どんなことでもやってみせます。どうかその方法を教えてください」

ロレンスは重い足取りで棚のところへ行き、水薬の瓶を手に取った。これで本当にいいのか、薬師《くすし》としての知識をこのようなことに使っていいのかと、瓶を見ながら自問する。だが、ジュリエットがあとへは引かないことはわかっていた。道を示してやらねば自害してしまうだろう。

ロレンスは振り返り、ジュリエットに瓶を見せて計画を伝えた。

まずは両親に謝り、パリスとの婚姻を承諾すること。

ジュリエットが言い返そうとするのを手で遮《さえぎ》り、続ける。

仮死薬を渡すから、婚姻前夜のうちに飲むように。

仮死の状態は四十二時間続く。

その間にロレンスがロミオを呼びもどす。

ロミオはジュリエットの安置されたキャピュレット家の霊廟《れいびょう》に忍び込む。

ジュリエットが目覚めるのを待ち、ふたりでマントヴァへ逃れる。

「仮死のあいだは息が止まり、脈もない。唇や頰は青くなり、体はかたく冷たくなる。このわたしが婚儀に代わって葬儀を執り行うことになるだろう。かくも恐ろしい計画を実行できるというなら、この薬を授けよう」

ジュリエットに躊躇《ためら》いはなかった。

「やります。その薬をください」

ロレンスの手はなかなか瓶を離そうとしなかったが、ジュリエットが半ばもぎ取るように受けとった。

両親にも、乳母にも見放された今、もうほかに頼れるところはないのだろう。何があっても神父を信じようと、ジュリエットはかたく心に決めているようだった。

ロレンスはジュリエットを見送ったあと、ロミオに細心の注意を払って手紙を書き、ジョン修道士に託した。いま発《た》てば、今日中にマントヴァに着くはずだ。たとえ何かの事情で手紙の到着が明日、水曜日になったとしても、マントヴァからヴェローナまでは早馬なら二時間ほど。ジュリエットが仮死状態から目覚める四十二時間後には、十分間に合う。

あとは、うまくいくようにと神に祈るだけだった。

ジュリエットが戻った夕刻、屋敷では結婚を祝う宴の準備が行われていた。乳母から懺悔《ざんげ》に行ったと聞き、父親が嬉々《きき》として指示を出したのだろう。調理場には、まるでヴェローナ中の農家からかき集めたかのような大量の食材が運び込まれていた。壁際にも大きな樽《たる》が並べられていた。ワインだった。使用人たちは野菜を洗ったり、皿を洗ったりと忙しそうだった。広間でも、多くの従僕《じゅうぼく》たちが部屋の隅々まで拭きあげ、銀器やグラスをひとつひとつ丁寧に磨きあげていた。

結婚とはこれほどにも大層なものなのかと、ジュリエットは目を見張った。これがすべて無駄になるのだと思うと申し訳ない気持ちになったが、こうするしかなかったことを、いつかはわかってくれるはずだ。

ジュリエットはすれ違いざまに「ご苦労さま」とだけ声をかけ、父の執務室へと向かった。

部屋には母親もいた。ふたりは言い争っていたようだったが、ジュリエットが部屋に入ると、ぴたりと話をやめた。このまま後ろを向いて出ていってやろうかと一瞬思ったが、ぐっとこらえ、ひざを突いた。

「お父さま、お母さま、今朝ほどのことを謝りにまいりました」

「懺悔に行ってきたんだな」

「はい。悪い娘でした。ティボルトの死があまりに悲しくて、どうかしていたみたい。お許しくださいさい。神父さまのおかげではっきりと目が覚めました。これからはお父さま、お母さまの言いつけどおりにいたします」

そう言ってジュリエットは顔をあげ、健気《けなげ》な笑みを見せた。

ジュリエットは紛《まぎ》れもなくキャピュレットの子だった。裏があろうとは、誰も思わないだろう。

キャピュレットは目尻を下げて喜んだ。

「わかったならいい。さすがはロレンス神父さまだな。わしはあのお方を信じておった。実はな、お母さまと結婚を明日の朝に早めようと相談していたところだ」

「明日の朝!?」

ジュリエットは面食らった。母親も顔を歪《ゆが》めている。

「善は急げだからな。招待者の名前も、もう挙げた。すぐに招待状を用意して、届けさせなければ。パリス殿ご本人とロレンス神父には直接お話しせんといかんな」

「でも、そんな急に、パリスさまはお困りになるのではないかしら」

「大丈夫だ。パリス殿は今日でもいいと言っていたくらいだ。神父さまもわかってくださるだろう。おい、お前、行ってきてくれ」

「さっきも申しましたでしょう？　無理です。まだ料理人とメニューの相談をしておりませんし、ああ、お花のことも忘れていたわ。いま時間があるのはあなただけです。ご自分で行ってらっしゃいませ」

「そんなことくらい、もっと手際よくできんでどうする」

両親の言い合いは続いていたが、ジュリエットには聞こえていなかった。いつの間にか執務室を出て、部屋に向かっていた。

決行は今夜なのだ。ジュリエットはごくりと唾《つば》を飲み込んだ。

部屋では乳母がジュリエットの帰りを待っていた。

「もうご両親のところへ?」

「ええ、ちゃんと謝ってきた」

「それで? 婚儀が明日の朝だと皆が大騒ぎしていますけど、本当にそのようなことになっているんですか?」

「そうよ。明日の朝。お父さまがそう決めたの。ねえ、ばあや、婚礼のお支度《したく》を手伝ってくれる?」

「もちろんですよ、お嬢さま。ああ、この日がどれだけ待ち遠しかったことか。お嬢さまが結婚なさるときのお衣装は、もう用意できてるんですよ。奥さまがミラノから来た行商人から買われたものでしてね、あとは身体に合わせてちょちょいと直してね――」

ジュリエットは、胸に隠した小瓶にそっと触れた。

その夜、翌日の身のまわりのものをすべてそろえたところで、ジュリエットは切りだした。ここが肝要だ。失敗は許されない。

「ねえ、ばあや。今夜はお祈りすることがたくさんあるから、ひとりでいたいの。それに、ばあやにはお母さまのお手伝いをお願いしたいし。お母さま、おかわいそうに寝る時間もないかもしれない。わたしなら、あとは自分でできるから」

乳母はにっこりと笑った。

「やさしいお嬢さま、わかりました。奥さまのご負担が少しでも軽くなるように、ばあやが痛む身体を引きずってお力になりますよ」

「奥さまがなんですって?」と、そこにキャピュレット夫人が入ってきた。「ジュリエット、あなたは明日に備えてもう寝なさい」

「そう、その話をしてたんですよ。お嬢さまが、いきなり明日で奥さまも大変だろうからってね」

「まったく、あの気まぐれにはほとほと愛想が尽きたわ」

「え？　奥さま、何かおっしゃいました？」

「何も。奥さまも大変だろうから、なんなの？」

「いえね、大変でいらっしゃるだろうから、『ばあやは今晩はお母さまのお手伝いをお願い』って、ご自分の結婚式なのに、奥さまのことを気遣って、このかわいらしいお嬢さまがそうおっしゃるんですよ」

　キャピュレット夫人がジュリエットを抱きしめた。

「ありがとう、ジュリエット。本当に助かるわ。このままでは徹夜しても間に合わないかもしれないと思ってたの」

　ジュリエットも母を抱く手に力をこめた。今度会えるのはいつだろう。ヴェローナに戻ることが許されなければ、これが最後の別れになるかもしれない。

「ううん、わたしこそ今までありがとう」

「あなたがお嫁に行ってしまうのが寂しいわ」

「わたしも寂しいわ、お母さま」

涙があふれそうになるのを必死でこらえる。

「おやすみ、ジュリエット。良い夢を」

「ゆっくりおやすみなさいませ、お嬢さま」

ふたりが出ていくのを待って、ジュリエットは戸を閉めた。

松明《たいまつ》の明かりで、調度品《ちょうどひん》の影が怪しく揺らめいている。部屋のもの、ひとつひとつに手を触れ、さようならを告げる。バルコニーに目をやると、真っ赤なゼラニウムが咲いていた。天井から吊《つ》り下げられた鉢には、部屋が明らむほど白い日々草《にちにちそう》が盛られていた。ばあやが朝晩、せっせと水を遣《や》ってくれていた。

婚礼の衣装を手に取り胸に抱くと、薔薇《ばら》の馥郁《ふくいく》たる香りに包まれた。五月に庭に咲いた薔薇の花びらを乾燥させ、衣装だんすに忍ばせてあったのだ。「ありがとう、ばあや」と声に出して言ってみる。今夜、ロミオのためにこの衣装を着るのだ。

婚礼の衣装を身に着け、髪を整える。隠しておいた小瓶を取りだし、ベッドに腰かけて天蓋《てんがい》を閉じる。

あとはこの薬を飲むだけだ。

ジュリエットの手がためらった。早くしなければ朝になってしまう。

恐れることはない。これはふたりの愛を貫くための、どうしても通らざるをえない儀式。

そう自分に言い聞かせるが、なかなか手が動かない。

ロミオのことを愛しているから、仮死状態になることはまったく怖くなかった。怖いのは、薬が効かなかったときだ。そのときは、本当に命を断つしかなくなる。でも、誰かに止められる前に、すばやく刃《やいば》をこの胸に突き立てることができるだろうか。

思っただけで身震いがした。

ジュリエットは枕元に置いておいた短剣を手に取り、鞘《さや》に収めたまま胸に当ててみた。

大丈夫、できるわ。してみせる。

自分に言い聞かせて、短剣を枕元に戻した。

でも、もしもこれが毒薬だったら？　ロレンス修道士が自らの落ち度を闇に葬るため、口封じをしようとしているのだとしたら?

いいえ、徳の高い神父さまがそんなことをなさるはずがない!

でも、予定がずいぶん早くなった。ロミオが来る前に目が覚めてしまうのでは?

ジュリエットの心が揺れた。あの古い霊廟のよどんだ空気を吸い込んだら、それこそ死んでしまうと思った。ティボルトの遺体も同じ場所で腐りかけているはずだ。決まった時刻になると、亡霊が集まってくるとも聞いた。

そこではっと気がついた。ジュリエットが眠っているあいだにロミオが来たら、剣で貫かれたティボルトの亡霊が待ち受けていて、ロミオを連れていってしまうかもしれない。

やめて、ティボルト、やめて! ロミオに手を出さないで!

ああ、ロミオ、あなたのために!

ジュリエットは薬をあおった。苦さが鼻と喉《のど》に広がった。

一枚の葉が枝から落ちるように、ベッドに倒れ込む。頸筋《くびすじ》を昇る脈の音だけが耳の奥に聞こえる。頭の奥に霞《かすみ》がかかり、意識が漆黒の谷底へ落ちていく。

ベッドのシーツは、あの日と同じ柑橘《かんきつ》の匂いがした。


二番鶏が鳴き、朝四時を知らせる鐘が鳴った。

キャピュレット夫人が「ばあや、もっとスパイスを取ってきて」と指示を出す。

「パイはうまく焼けたのか？」と顔を出したキャピュレットは、乳母に「邪魔ですよ！」と押しのけられた。

キャピュレット夫妻がようやく腰を下ろしたのは、夜がすっかり明けてからだった。

外ではヒバリが鳴き、部屋には天窓から朝日が差し込んでいる。まるでこの世の平和を照射したような、いつもと変わらない光景だった。

「いよいよ水曜の朝だな」

「やっと水曜の朝ですわ。ばあや、ジュリエットの支度ができているか、見てきてくれる？」

「はいはい、お嬢さまのばあやに戻りますよ。ああ、階段の老体にこたえること」

乳母はぶつくさ言いながらジュリエットの部屋に向かった。

戸をあけると、部屋は静けさに包まれていた。

「おや、まだ眠っておいでですか？　困ったお嬢さまだ。この先一週間分の寝だめですか？　いい加減お起きくださいまし。もうすぐパリスさまと修道士さまがいらっしゃいますよ。それとも、パリスさまにここまで起こしにきていただこうかしらね」

そう言って天蓋をあける。

ジュリエットは婚礼の衣装を着て、ベッドに横たわっていた。

「あらま、お支度なさって二度寝ですか？　ダメですよ、お嬢さま、お衣装がしわくちゃになっちまうじゃありませんか。お嬢さま、お嬢さま？」

ぎゃぁああ、という乳母の悲鳴が屋敷中に響き渡った。

「まったく騒がしい。どうしたのです。ジュリエットはまだ起きないの!?」

「ああ、奥さま、奥さま、どうしましょう、お嬢さまが……」

夫人はつかつかとベッドまで歩いていったが、娘の顔をのぞき込み、がくりとひざを落とした。手をジュリエットの口元に当てる。息をしていない。

キャピュレット夫人がその場にふらふらと倒れた。

「何を騒いでおる！　まったくどいつもこいつも、この晴れがましい日にバタバタと。落ち着きというものを知らんのか。ジュリエットはまだ寝ているのか。楽士たちの音楽が近づいてきた。もう伯爵と修道士が到着なさるぞ！」

乳母にベッドを指さされ、キャピュレットは杖《つえ》を乱暴に突き鳴らして歩みよった。イライラと天蓋を払い、そこに倒れている妻にぎょっとして、続けて床《とこ》についているジュリエットに目をやった。

ジュリエットの顔は灰色だった。

キャピュレットは言葉を失い、すぐにジュリエットの手を取った。氷のように冷たかった。胸に耳を当てるが、鼓動は聞こえない。長いあいだそのまま手を取っていたが、ジュリエットの手はいつまでも冷たいままだった。

キャピュレットは無言で立ちあがり、部屋を出ていった。その後ろ姿はとても小さかった。

時を置かず、パリス伯とロレンス修道士がキャピュレット家に到着した。

「花嫁の支度はできましたか？」

うきうきと訊《たず》ねるパリスに、キャピュレットがうなずく。

「ええ。だが、支度をして行ってしまい、もう二度と戻ってきません」

パリスは眉《まゆ》をあげた。

「どういうことでしょう？」

「こちらへ」

キャピュレットが先に立ち、不安に顔を曇らせるパリスを無言で二階へと案内した。ロレンスもあとに付き従う。どうやら計画は順調らしいと、ロレンスは胸をなで下ろした。ここからは神父としての大立回りだ。聖書を持つ手が汗に濡《ぬ》れていた。

パリスがためらいながら部屋に足を踏み入れると、そこには美しいジュリエットが横たわっていた。

キャピュレットがジュリエットを手で指し示し、告げた。

「このとおり、死神があなたの花嫁を寝取ってしまいました」

パリスがジュリエットからキャピュレットへ、そしてまたジュリエットへと呆然《ぼうぜん》と視線を移す。やっと事態が飲み込め、ベッドに駆けよった。

「なぜだ。なぜ、こうなってしまったのだ。わたしの花嫁！　今朝のこのときを、今か今かと待ちわびていたのに、なぜこうなったのだ！」

ジュリエットの亡骸《なきがら》に覆《おお》い被《かぶ》さり「なぜだ」と繰り返すパリスを見て、キャピュレット夫妻と乳母もふたたび涙に暮れた。

パリスの叫びが嗚咽《おえつ》に変わったところで、ロレンスはこほんと咳払《せきばら》いをした。

「こうして泣いていても、もうジュリエットは戻ってきません。この美しい娘さんは、もともとあなたがたと天との共有物。今天にお帰りになったのです。娘さんがより高い、より素晴らしい世界に行かれることは、キャピュレット殿、あなたの願いだったではありませんか。天に召されたことを嘆《なげ》く必要がどこにあるのです。

さあ、ヴェローナの慣例どおり骸《むくろ》に晴れ着を着せて、教会へ運びましょう。葬儀は明日の朝ということでよろしいかな」

練習どおり、よどみなく言えた。だが、その達成感も、皆の嘆きの前では罪悪感でしかなかった。

「婚礼のための衣装が、弔《とむら》いのための晴れ着になった。何もかもひっくり返るがいい」

キャピュレットのその嘆きどおり、楽士の奏でる陽気な音楽は弔いの鐘に、賛美歌は挽歌《ばんか》に、新床《にいどこ》を飾る花は亡骸にまく花に、結婚の宴は弔いの宴に変わるのだ。

美しい死に化粧を施したうえから花嫁用のモスリンのベールをかけられ、ジュリエットは教会へと運ばれていった。

第五幕　死

マントヴァのロミオは、ジュリエットと一緒に過ごした時間の記憶の中に生きていた。ここマントヴァの教会では、ロレンス修道士の持たせてくれた手紙のおかげで、何不自由なく過ごしている。ただ、昨晩も、その前の晩もジュリエットの夢を見た。

昨晩の夢は特に不思議だった。ジュリエットがやってきて、すでに死んでいるロミオを見つけ、何度も口づけをする。すると、ロミオは生き返って帝王になるのだ。きっと吉兆《きっちょう》に違いない。

夢でジュリエットに会えただけでもこれほどうれしいのだから、恋というのはなんと素晴らしいものだろうと、ロミオは朝から幸せな気分だった。

今晩はどんな夢を見られるだろうと考えているところへ、馬がやってきた。

ロミオはすばやく身を隠した。キャピュレットが放った追っ手かもしれない。だが、部屋の窓からのぞいてみると、馬から降りたのはロミオの従者、バルサザーだった。ジュリエットの伝言を持ってきたのに違いない。

やはり吉兆だったのだ。

「バルサザー！」

ロミオは喜び勇んで駆け、バルサザーを出迎えた。

「どうだい？　ジュリエットは元気にしているかい？　といってもまだ丸二日とちょっとか」

ところが、バルサザーは「ロミオさま！」と一瞬笑顔になったものの、そのあと黙ってうつむいてしまった。その苦しそうな表情を見て、ロミオの顔が曇った。

「まさか悪い知らせか？」

バルサザーはこっくりとうなずいた。

「言ってみろ」

「ジュリエットさまが亡くなられました」

この言葉はロミオの予想をはるかに超えていた。冗談はやめろ、と言いたいところだったが、バルサザーのことは子どものときから知っている。こんな悪質な冗談を言う人間ではない。だが、受け入れられない。

「何かの間違いじゃないのか？」

「僕も信じられなくて、墓地まで行ってみたら、本当にジュリエットさまの亡骸《なきがら》がキャピュレット家の霊廟《れいびょう》に入れられるところでした。昨日の朝、亡くなられたそうです。パリスさまとの婚礼が予定されていた日に……」

体じゅうの力が抜けて、ロミオは床に座り込んだ。天を仰ぐ目はうつろだ。息がうまくできない。バルサザーの声が遠い。

ダメだ、やはり信じられない。そうだ、こんな悲劇が起きたら、ロレンス修道士がきちんと知らせてくれるはずだ。

ロミオはバルサザーに訊《たず》ねた。

「ロレンス修道士からの手紙はないのか？」

「あっ」バルサザーは首をすくめた。「すみません。神父さまにご用はないかと訊《き》く前に、馬を走らせてきてしまいました。ずっと弔《とむら》いでお忙しそうでしたし……」

たしかに、もし本当に死んだのならロレンスは手紙どころではないだろう。それに、バルサザーに預けておいたこの馬ほど速く走れる馬はない。

「いいんだ。気にするな。すぐに駆けてきてくれてありがとう」

ロミオは、遠い目で北を、ヴェローナの方角を見やった。日が傾くまで、まだ時間がある。馬を飛ばせば今日中にヴェローナに着くだろう。

「今晩、ヴェローナに帰る」とロミオ。

「おやめください。今お帰りになればきっと捕らえられて死罪になります」

「大丈夫だ。お前は早馬《はやうま》を借りてこい。僕はちょっと用事がある。あとで落ち合おう」

そう言うとロミオは久しぶりの自分の馬に乗った。

マントヴァへと逃がしてくれた修道士が、道中、立ち寄った薬屋があった。店主は骨と皮ばかりにやせていて、店には亀の甲羅《こうら》だの魚の皮だのがぶら下がり、緑色の壺《つぼ》やら黴《かび》だらけの種やらが置かれていた。あの店なら毒薬もきっと手に入ると、ロミオは考えた。

ただし、マントヴァで毒薬を売れば即刻死刑だから、買うことはしない。薬屋を脅《おど》して毒薬を手に入れ、薬屋の貧乏に対して金を恵んでやろう。

そして、今夜はまたジュリエットとともに眠りにつこう。誰にも妨げられない、永遠の眠りに。


そのころヴェローナでは、ロレンス修道士が慌てふためいていた。

マントヴァへ行ってもらったジョン修道士が戻ってきたのだが、「おお、ジョン修道士、お戻りか！」と出迎えたその手には、渡してもらうはずのロミオへの手紙が握られていたのだ。聞けば、ヴェローナの街を出る前にとある貧しい家に寄ったところ、その家から疫病患者が出た疑いがあるとして、街の検疫官に足止めされてしまったという。

「では、マントヴァへは？」

「行けませんでした。お急ぎと聞いていたので何度も頼み込んだのですが、感染を恐れ、手紙を預かることもしてくれず。ようやく先ほど疑いが晴れ、まっすぐこちらへ参った次第です」

「ああ、なんという不運だ」

婚姻が一日早くなっただけでも気を揉《も》んだのに、肝心の手紙が届かなかった。ジュリエットはこの三時間のうちに目覚めるだろう。いや、薬を飲む時間が早かったなら、もう目覚めていてもおかしくない。かわいそうに、死人の墓に閉じ込められて。

とにかくロミオにはもう一度手紙をしたため、あらためてジョンに託そう、とロレンスは考えた。それから霊廟へ行き、ジュリエットを助けだす。ロミオが来るまでは尼僧院に預けよう。


ロミオはバルサザーを連れてヴェローナの近くまで戻り、日が暮れるのを待っていた。夏のこの時季、太陽はなかなか落ちていかない。

そして同じように、日が暮れるのを待つ人物がもうひとりいた。ジュリエットと結婚するはずだったパリスである。薄闇に包まれた墓地で、松明《たいまつ》の光が揺れていた。

「パリスさま、およしくださいませ。罰が当たります」

小姓《こしょう》が引き留めようとするが、パリスは聞かない。

「ジュリエットがここにひとり寂しくいるのだ。話し相手になってやって何が悪い」

とはいえ、未練がましく毎夜こんなことをしていることは、やはり人には知られたくなかった。

「このイチイの木の下で待っていてくれ。松明は消し、人が来たら口笛を吹くのだ。いいな」

従者に命じ、花を抱えて霊廟へと近づく。

この奥にジュリエットが眠っている。かわいそうに。さぞ心細いだろう。

パリスは花を供え、心の中でジュリエットに語りかけた。言葉を交わしたのは、舞踏会のあのときだけ。だが、心の底から愛していた。小さいころに遠くで見かけたときから、いつも街中では姿を探していた。どんどん美しく、まぶしくなっていくのが、とても誇らしく、うれしかった。結婚したら話して聞かせたいと思っていた話が、山ほどあった。パリスの目からは涙がとめどもなく流れ落ちた。

ふいに口笛が聞こえた。あたりはすでに墨を流したように真っ暗だった。見つからないことを願い、パリスは身を潜《ひそ》めた。

パリスがいるなどとは夢にも思っていないロミオが、バルサザーとともに墓地にやってきた。ロミオはバルサザーに馬と父宛ての手紙を託し、松明と鶴嘴《つるはし》、鉄梃《かなてこ》を手にした。バルサザーには、ジュリエットの指にはめた大切な指輪を返してもらうのだと伝えてある。バルサザーは納得していないようだったが、何も言わずに屋敷に戻っていった。

霊廟に近づくロミオをじっと見ていたパリスだったが、扉をあけ始めたのがわかると、怒りに駆られて飛びだした。

「下劣なモンタギューめ！」

一方のロミオは松明の明かりが届かず、相手が誰だかわからない。

パリスが続ける。

「お前はヴェローナから追放されたのだろうが！　ジュリエットの従兄《いとこ》を殺し、ジュリエットを死に追いやっただけでは飽き足らず、死せる者にまで復讐《ふくしゅう》をしようというのか。エスカラス大公に代わり、死をもたらしてやる」

ロミオは松明を霊廟に立てかけた。

「どうせ死にに来たんだ。どうぞと言いたいところだけど、まだそう言うわけにはいかない。頼むから放っておいてくれよ。僕の邪魔をしないでくれ」

「そんな言い訳など聞くものか。この悪党め！」

剣を抜く音を聞き、ロミオの身体が苛立《いらだ》ちと怒りに震えた。早くジュリエットのところに行きたいのに、なぜ邪魔をするのだ。

ロミオも剣を抜いた。

幾度か刃音が響いたあと、ロミオの手にわずかな感触が伝わった。敵がよろめき、倒れた。

松明を手に持ち、男の顔を見る。それはマキューシオの親戚、パリスだった。ロミオはあまりのことに立ち尽くした。

「パリスさま、なぜあなたが……」

パリスが弱々しい声で「頼む……」と言った。「お前に情けがあるなら、わたしを愛《いと》しいジュリエットの隣に葬ってくれ」

傷を押さえていたパリスの腕が、だらりと脇に垂れた。

ロミオは愕然《がくぜん》とした。パリスはたしかに「愛しいジュリエット」と言った。どういうことなのか。そういえばバルサザーがマントヴァに来たとき、パリスの名前を口にしていたようにも思う。結婚式の朝にジュリエットが死んだとか。それとも自分は気が狂いだしているのだろうか。

とにかく、ジュリエットが死んでここにいるというのは嘘ではないと、これではっきりした。ふらふらと立ちあがったロミオは精一杯の気力を振り絞り、墓をあけた。

石の階段を下りる足音が耳に響く。霊廟には代々の死者が横たわっていた。普通ならおぞましさに身震いするような光景だったが、ロミオはまるで何も感じなかった。ジュリエットの亡骸《なきがら》は、すぐに見つかった。まるで眠っているだけのようだった。すぐにでも抱きしめたかったが、やるべきことが先にある。恋敵《こいがたき》かもしれないが、命を懸《か》けて愛した男の最期の言葉を無下《むげ》にはできない。

パリスを霊廟に運び込み、ジュリエットの横に寝かせてから、ふと反対側を見ると、そこにはティボルトが眠っていた。

「ティボルト、喜べ。若き命を奪われたお前の復讐に、今この手で若きこの命を奪ってやるぞ」

ロミオはティボルトに静かに伝え、そしてようやくジュリエットと向き合った。

死んで二日も経《た》つというのに、なぜまだこれほど美しいのだろう。まるで生きているみたいではないか。

「目よ、これが見納めだ」

ジュリエットの目を、鼻を、眉《まゆ》を、頬を、耳を、唇を、そのすべてをじっと見つめる。もっと見ていたいのに、涙があふれて視界が曇ってしまう。

「腕よ、これが最後の抱擁だ」

ジュリエットの冷たい身体を抱き、あの日のようにその胸に顔をうずめる。温かい涙がジュリエットの花嫁衣装にしみを作る。

「唇よ、愛しい妻と最後の口づけを」

ジュリエットの氷のような唇に、そっと唇を重ねる。

これまで不幸な運命の星に翻弄《ほんろう》された。もうたくさんだ。最後は自分の意思でけりをつける。そして、この暗い宮殿で、永遠にジュリエットを死神から守るのだ。

ロミオは毒薬を一気に飲み干し、最後にもう一度「ジュリエット」と名を呼び、その唇に口づけをした。力を失ったロミオの顔は穏やかだったが、目からは涙がまたひと筋、こぼれ落ちた。


ロレンス修道士が大汗をかきながら墓地に来たのは、そのすぐあとだった。

墓地の入り口には、バルサザーが馬を二頭連れてたたずんでいた。

「バルサザーではないか。どうしたのだ」

言いながらロレンスの胸がざわついた。

「ああ、神父さま。ロミオさまが半時間ほど前に霊廟に入っていかれ、僕は帰るように言われたんですが、どうしても気になって」

「ロミオはまだ出てこないのか」

「はい。言い争う声がしていましたが、戻ってきたら殺すと言われたので、近づけません」

胸騒ぎがどんどん大きくなる。

墓地を進むと、イチイの木の下に小姓がいた。

「お前は何をしているのだ」

小姓は泣きださんばかりだった。

「ご主人さまが戻ってきません。剣の音がしました」

「ご主人さまとは誰だ」

「パリス伯です」

ロレンスの汗は冷や汗に変わっていた。これは大変なことになったと、足を速める。

霊廟の扉は開いていた。奥には松明の明かりが見える。

階段を下りようとしたとき、足元に血に濡《ぬ》れた剣が落ちているのに気づいた。

身体がすくみ、引き返したい衝動に駆られるが、祈りを唱えながら先に進む。人の気配はまったくない。

松明をかかげると、ジュリエットに覆《おお》い被《かぶ》さるように倒れているロミオが見えた。駆けよるが、その顔は真っ青だった。反対側の横にも誰かが寝かされている。それがパリスであることは、顔を見るまでもなくわかっていた。

なんという残酷な時のいたずらだろう。人間にはどうすることもできない大きな力が、この企《くわだ》てをすべて崩してしまった。

そのとき、ジュリエットの指先が動いた。

「ジュリエット、目覚めたのか！」

はじめにジュリエットの目に入ってきたのは、石でできた天井だった。初めて見る光景だ。頭がぼんやりする。どうしてわたしはここにいるの？

次の瞬間、すべての記憶が甦《よみがえ》ってきた。

「ああ、神父さま。ここは霊廟ね。覚えているわ。ロミオがわたしを助けに——ロミオはどこ？　まだ来ていないの？」

ジュリエットは起きあがろうとして、自分の胸にロミオが倒れていることに気づいた。

「ロミオ？　ロミオ、どうしたの？」

ロミオは息をしていなかった。

死んでいる？

ジュリエットが答えを求めてロレンスの顔を見た。

説明しようとしたとき、かすかに遠くから人の声が聞こえ、ロレンスは跳びあがった。

「ジュリエット、話はあとだ。ここを出ないと。人が来る。ロミオは死んでしまった。パリスもだ。あとで説明するから、とにかく早く」

そう言って先に立つが、ジュリエットは動こうとしない。

「いい子だから早く！」

だが、ジュリエットには逃げなくてはならない理由は何もなかった。ロミオの身体をそっと横たえ、ロレンスを見返す。

ロミオがここにいるのに、離れるわけにはいかないじゃない。逃げたい者は逃げればいい。もう誰にも頼らない。

「どうぞ行ってください、神父さま」

ジュリエットは静かに伝えた。

ロレンスは霊廟の入り口でしばらく迷っていたが、「おーい、こっちだ！」というまた別の声が聞こえると、闇の中に消えていった。

ジュリエットは夢でも見ているような気持ちで、もう一度ロミオの顔を見た。ロミオの身体は温かかったが、明らかに事切《こと き》れていた。でも、なぜこうなったのか、さっぱりわからない。ロミオの愛しいその顔に、腕に、身体に触れる。

ふと、ロミオの手が何かをしっかり握っていることに気がついた。

もしかしてこれは……？

鼻先に持ってくると、苦そうな匂いがした。自分が飲んだ仮死薬よりも、もっと強烈な匂いだった。

やっぱり。

ようやく合点がいった。何かの行き違いで妻が死んでしまったと思い込んで、毒薬を飲んだのだ。

かわいそうなロミオ。早くあとを追ってあげないと。

ジュリエットはその毒薬に口を当てて飲み干そうとしたが、何も出てこなかった。松明の明かりに瓶をかざしてみると、中は空だった。

「意地悪ね」と思わず声に出る。

残しておいてくれたらよかったのに。

もしや口に残っていまいかと、唇を重ねる。ロミオの唇はまだやわらかく温かかったが、少し舌に苦みを感じたものの、これで死ねるとはとても思えなかった。

声が近づいてきた。急がねば。

ジュリエットの目がロミオの腰の短剣をとらえた。ありがたい。

「さあ、短剣、ここがあなたの鞘《さや》よ」

ジュリエットは装飾のついたその剣を、胸に当てた。

練習しておいてよかった。

ジュリエットの顔に笑みが浮かぶ。大きく息を吸い、ひと思いに突いた。

ジュリエットの身体がロミオの身体のうえに倒れ込んだ。


小姓に案内されてキャピュレット家の霊廟に来た夜警ふたりは、入り口がこじあけられ、血のついた剣が落ちているのを見て腰を抜かしそうになった。それでも務めだとおっかなびっくり階段を下りていくと、そこには抱き合うように死んでいる男女と、静かに横たわる男性、三体の真新しい死体があった。

「大公にお知らせせねば！」

「墓地の周辺を捜索だ！」

夜警たちは霊廟を飛びだした。

東の空が白みだしたころ、エスカラス大公、ロレンス修道士、キャピュレット夫妻、乳母、モンタギュー夫妻、ベンヴォーリオ、ロミオの従者バルサザー、パリス伯の小姓が霊廟の前に顔を揃えた。ロミオの追放以来伏せっていたモンタギュー夫人は、ベンヴォーリオに支えられてかろうじて立っていた。

それぞれが着くなり、ロミオとジュリエット、パリスの亡骸が横たえられているのを見て口々に叫び、遺体にすがりついた。

エスカラスはしばらく眺めていたが、やがて「もうやめい！」と大きな声を出した。

「わたしとて、またしても身内が犠牲となり、悲しみで押し潰されそうだ。将来有望な親族をふたりも亡くしたのだぞ。キャピュレットとモンタギューの巻き添えはもうたくさんだ。だが、とにかく何がどうなったのか、はっきりさせよう。嘆き悲しむのはそのあとでもいい。そのための時間はたっぷりある」

それまで黙って脇に立っていた夜警たちが順に一歩進みでて、エスカラスに伝えた。

「このパリス伯の小姓が我々を呼びに来ました。なんでもジュリエットに花を手向《たむ》けにきたパリスさまに続き、ひとりの男が霊廟に向かい、そのあと剣の音が聞こえたと」

「このロミオの従者が墓地の入り口に立っておりました。ロミオは亡き妻の指輪を取りに行くと言っていたとか」

「わたしたちが駆けつけたときには、もうお三方《さんかた》とも事切れておられました」

「小姓と従者の証言から、この場にロレンス修道士がおられたことがわかり、ここにお連れしております」

エスカラスがロレンスを見た。

「知っていることを話してくれ」

ロレンスは一部始終を包み隠さず話した。ロミオとジュリエットが結婚していたことを聞いた両家の妻は互いに顔を見合わせ、それからふたたび泣き崩れた。ふたりの当主は険しい顔をして聞いていた。乳母はずっとうつむいていた。

ベンヴォーリオは唇を嚙《か》んだ。なぜロミオは何も相談してくれなかったのか。

エスカラスがロレンスに訊ねた。

「ロミオに渡るはずだった手紙は、まだ持っておるか」

「はい。ここに。二通目も、やがてはジョン修道士が渡せなかったと持ち帰ってくることでしょう」

エスカラスは松明を近くに持ってこさせ、手紙を読んだ。

「まさか、神に仕えるお前がこのようなことを考えるとはな」

「はい。ただひたすらにふたりの幸せを願ってのことでしたが、悔《く》いております。若さゆえの激しさを、正しく導いてやることができなかった。老い先短いこの命をどうするか、法に照らしてお裁きください」

大公は何も言わなかった。

「あの……」とバルサザーがおそるおそる口を開いた。

「なんだ、申してみよ」

「ロミオさまからお父上への手紙を預かっています」

バルサザーが腰の帯に隠していた手紙を取りだし、エスカラスに手渡した。

モンタギューが駆けよろうとするのを制した。

最後まで読んでしばらく空を見あげ、それからエスカラスは言った。

「ロミオの手紙はロレンス修道士の言葉を裏付けている。ジュリエットとの結婚、その訃報《ふほう》、毒薬。さあ、キャピュレット、モンタギュー、見るがいい。これがお前たちの憎悪に神が下したもうた罰だ。そして、かくいうわたしも、お前たちのいがみ合いを抑えられなかったがために親族をふたりも失った。ひとり残らず天罰を受けたのだ」

大公の目から涙がこぼれ落ち、皆がむせび泣いた。

やがてキャピュレットが杖《つえ》をつき、モンタギューも重い足取りで、前に進んだ。互いに歩みより、ふたりは手を取り合った。

ベンヴォーリオは重い空を見あげた。いまさらもう遅い。あまりにも多くの若い命が天に召されてしまった。空には雲が厚く垂れ込めていたが、昇ったばかりの太陽が霊廟にひと筋だけ光を投げかけた。そこに横たわるロミオとジュリエットは穏やかに微笑んでいた。

エピローグ

数日後、父モンタギューに宛てたロミオの遺書が、街の広場の一角に張りだされた。

父上

物心ついたときからキャピュレット家とモンタギュー家は仲が悪く、いがみ合っていました。モンタギュー家の僕が、キャピュレット家のジュリエットと恋に落ちることは禁忌だったのでしょう。キャピュレット家での舞踏会の夜、好きになったのがキャピュレットの娘だと知ったときはもう遅く、愛してしまっていました。それは誤りではなかったと今でも思っています。

ジュリエットが死んだと聞いた今、僕がこの世にいる意味はもうありません。今からそれが本当なのか、確かめてきます。本当だった場合に備えて、マントヴァで毒を手に入れました。そのときは、これが僕から父上への最後の手紙となるでしょう。先に旅立つことをどうかお許しください。

ジュリエットとともに眠れるのですから、何も悲しいことはありません。嘆かないでください。けれど、もし僕の死を悼《いた》んでくださるなら、お願いがあります。キャピュレット家との因縁《いんねん》はすべて水に流して、和解してください。僕の愛するジュリエットに生を与えてくれた家です。僕は感謝の気持ちでいっぱいだ。父上、母上もわかってくださると信じています。おふたりの愛を一身に受けて育った僕からの、最後の切なるお願いです。

大好きなヴェローナが幸福に包まれますように。

モンタギュー家、キャピュレット家が愛に包まれますように。

ロミオ

街中が悲しみに沈み、キャピュレットとモンタギューの争いはなくなった。赦《ゆる》すべきは赦され、罰すべきは罰せられた。その後、跡継ぎを失った両家は絶え、エスカラス家の隆盛すらも終わりを迎えた。ヴェローナはヴェネツィア共和国の支配下に入り、今では両家を知る者すら残っていない。

だが、かつてこれほど悲しい恋の物語があっただろうか。

ロミオとジュリエットの物語は時を超え、今なお人々の胸を打つ。

主な参考作品

『ロミオとジューリエット』(シェイクスピア、平井正穂訳、岩波文庫)

『新訳　ロミオとジュリエット』(シェイクスピア、河合祥一郎訳、角川文庫)

シェイクスピア名作劇場『ロミオとジュリエット』(斉藤洋著、佐竹美保絵、ウィリアム・シェイクスピア原作、あすなろ書房)

サンマーク文庫コミック版 世界の名作『ロミオとジュリエット』(W・シェークスピア原作、久掛彦見作画、サンマーク出版)

DVD『ロミオとジュリエット』(発売元/NBCユニバーサル・エンターテインメントジャパン)

小説で楽しむ戯曲　シリーズについて

「物語」と聞くと、多くの人は紙に印刷されたものを思い浮かべることでしょう。ですが、物語はおそらく印刷技術が誕生するはるか昔、人間が言葉を使うようになったときには、すでに紡がれていました。自らの経験や感情を一対多の口伝えで、あるいは多対多のパフォーマンスによって伝えてきたのです。やがて文字が生まれると前者は民話や詩、そして小説として、後者は戯曲として書き残され、さらには印刷技術の助けを得て、その優れたものは時を超えて現代まで生き残ります。

しかし、文字に起こした物語がそのまま聞くように読めるのに対して、戯曲はあくまでも台本。演者を通して伝えることを前提とした形式であり、劇になってはじめて命が吹き込まれます。どれほどすぐれた戯曲であっても、現代語に訳されていても、その形のままでは、建築物の完成形を設計図から空想しろと言っているようなものなのです。

もちろんその空想の余地というものには他にはない大きな魅力があり、演出家や役者というのはその虜《とりこ》になった人たちだと言えます。その完成形には圧倒的な力があり、観る者の心を震わせます。ただ、近代以降であれば映画やテレビといった媒体もありますが、いずれにしても観るという行為は、演者と同じ時間と空間を共有する必要があります。シェイクスピア、チェーホフ、近松門左衛門。どの作家の作品も永く愛されてきた理由があるすばらしい物語なのに、戯曲であるため、観る人だけのものになってしまっています。実にもったいないではありませんか。

そこで生まれたのが、演出家の代わりを小説家が担ってはどうかというアイデアです。現代の言葉を使い、紙の上で登場人物を動かし、また、情景や空気感を描く、つまり小説という形式を借りることで、戯曲という形式では届かなかったところへも、その感動を運ぼうというわけです。小説家の想像力により、登場人物は物語の中で生き生きと甦り、色を放つことでしょう。

この「小説で読む名作戯曲シリーズ」をぜひ多くの人に読んでいただき、それぞれの時代性や独創性、そこに横たわる人類普遍の真理に触れ、泣き、笑い、憤り、怯え、感情を揺らし、生きていることの喜びを実感してもらいたいと願っています。

企画　アップルシード・エージェンシー　鬼塚忠

原作：ウィリアム・シェイクスピア

［1564～1616］ルネサンス期を代表するイギリスの劇作家、詩人。ストラトフォードの裕福な家に生まれ、1592年頃までにロンドンに移ったのち、俳優業の傍ら脚本も執筆するようになる。生涯にわたり37編の作品を遺した。『じゃじゃ馬ならし』『から騒ぎ』『夏の夜の夢』などの喜劇や、四大悲劇と呼ばれる『ハムレット』『オセロウ』『リア王』『マクベス』など、世界中で繰り返し上演され続けている。享年52。

鬼塚 忠（おにつか ただし）

作家。初の小説『Little DJ 小さな恋の物語』（ポプラ社）がベストセラーになり、映画化される。『海峡を渡るバイオリン』（共著）『カルテット！』『恋文讃歌』（すべて河出書房新社）など、数々のヒット作を生み出している。特に『花戦さ』（KADOKAWA）は映画化され、第41回日本アカデミー賞優秀作品賞などを受賞し話題になった。過去の偉人が現代に蘇る講義形式の劇団「もしも」を主宰するなど、エンターテインメント業界で幅広く活躍している。

小説《しょうせつ》で読《よ》む名作《めいさく》戯曲《ぎきょく》　ロミオとジュリエット

2020年5月30日　初版1刷発行

著者　鬼塚《おにつか》 忠《ただし》
原作　ウィリアム・シェイクスピア
ブックデザイン　原田恵都子（Harada＋Harada）
著者エージェント　アップルシード・エージェンシー
発行者　田邉浩司
発行所　株式会社 光文社
〒112-8011　東京都文京区音羽1-16-6
電話　編集部 03-5395-8172　書籍販売部 03-5395-8116　業務部 03-5395-8125
メール　non@kobunsha.com
落丁本・乱丁本は業務部へご連絡くだされば、お取り替えいたします。
組版　堀内印刷
印刷所　堀内印刷
製本所　ナショナル製本

ISBN978-4-334-95167-2　Printed in Japan

小説で読む名作戯曲　シリーズ好評既刊

桜の園

チェーホフ原作　本間文子

〝高貴な俗物〟と〝正義の成り上がり〟による、人生を賭けた愛憎劇。

著名なロシア文学のひとつである『桜の園』から、新たな物語が浮かび上がる！

ラネーフスカヤの夫はシャンパンの飲み過ぎで他界、息子は溺死、領地は競売にかけられる――。　破産寸前の地主貴族の一家が踏み出す、新しい人生とは!?

貴族と労働者の階級差、そして新しい時代の幕開けを描くロシアの不朽の名作を、やさしい小説で味わう。